Tableau d'honneur

33-35, rue Jacob, 75006 Paris - www.desfemmes.fr

ISBN : 978-2-7210-0596-0
EAN : 9782721005960

Diffusion CDE

Guillemette Andreu

Tableau d'honneur

Préface
de Jean Rouaud

des femmes
Antoinette Fouque

PRÉFACE
DE JEAN ROUAUD

Parce qu'elle passe la figure de ce monde, et sans ceux-là qui prennent sur eux d'en collecter des pans entiers, on ne saurait déjà plus à quoi elle ressemblait. Elle ressemblait par exemple aux tableaux de la pauvreté et de la tristesse après la première guerre mondiale, dans l'Ouest, à n'en pas douter, et pas seulement à cause d'un repas évoqué de galettes de blé noir, car qui les a fréquentées reconnaîtra sans peine ces terres labourées par l'esprit de la Contre-réforme, quadrillées par une armée de prêtres secondés par la piétaille des frères et sœurs des écoles chrétiennes. Comme ceux-ci par exemple, les Frères à Quatre-bras. Et n'allez pas imaginer un évadé d'un Barnum Circus, vous le croiserez plus loin dans ce roman vrai. Mais qui n'a pas connu ces temps d'avant Vatican II ne peut imaginer à quel point l'Église tenait ses fidèles par les consciences, les menaçant à tous moments, pour une broutille, un regard de travers ou une maigre convoitise, des flammes de l'enfer. Et nul besoin de caméras. « Quand on était installés à son banc, une rangée de bonnes sœurs venaient occuper le dernier rang et les cornettes serrées formaient un mur de surveillance ». L'évangile ayant glorifié les pauvres, les bienheureux ne pouvaient que se réjouir de leur infortune. Que la petite orpheline et sa grand-mère connaissent les affres de la faim, l'humiliation de devoir quémander, ce n'était sans doute qu'un investissement très rentable sur les dividendes célestes.

On comprend que l'époque n'ait pas été tendre avec les filles perdues, autrement dit celles qui n'arrivaient pas vierges au mariage, et quand les ventres s'arrondissaient les jamais futures mères préféraient mettre fin à leurs jours, au risque de se priver des sacrements de l'Église, plutôt que d'affronter l'opprobre public des bien-pensants, châtelain en tête. Le désir est évidemment l'œuvre du diable. Pas pour rien que les petites sœurs recommandaient à leurs élèves de marcher les yeux baissés. L'Ouest, tel qu'en lui-même, jusqu'à, disons, il y a cinquante ans.

La ville, c'est Nantes (la concentration dans un même périmètre réduit du château, de la cathédrale, du palais de justice et d'un cours arboré est assez parlante), mais alors, dans ces temps de l'immédiat après-guerre on pouvait encore dans le fond d'un jardin, route de Paris, compter sur les ressources d'un poulailler et d'un potager, petite économie de survie, vestige ancien, ne permettant pas cependant, alors que le consumérisme pointe son nez, l'achat de chaussures neuves pour la communion. Car l'Église, si elle impose les fastes de son rituel, ne fournit pas le matériel. Pour les chaussures vernies, il faudra espérer un généreux marin, et pour les sandales blanches, une petite sœur sevrée de coquetterie par sa congrégation.

La guerre a fait des ravages dans les rangs. Les monuments aux morts de la région en témoignent. Invraisemblable saignée d'hommes dans la force de l'âge. La petite Lise lit l'effondrement de la natalité dans les rangs clairsemés des communiantes. Pour compenser les pertes, pour les masquer peut-être, on veille à transmettre au nouveau-né, le nom d'un père ou d'un oncle disparus, ignorant que celui-là sera à jamais habité par un corps mort. Ce qui n'aide pas à vivre. Mais tout est au diapason. Femmes vêtues de noir, orphelins à ne plus savoir qu'en faire, c'est un voile de deuil qui recouvre le pays. Les consolations à cette tristesse ? Peu. La recherche d'une amitié sincère, d'une parole tendre, d'un adulte compréhensif. Et puis, dans cette grisaille entretenue par la misère et le chagrin, l'éblouissement de la lecture. Et pas n'importe laquelle. *Les Misérables*, le livre compassionnel. Mais cela suffit parfois pour avancer dans la vie. Soudain on n'est plus seul. On est des millions. Et parmi ces millions, il va se trouver Guillemette Andreu pour reprendre le chant hugolien et laisser derrière elle une trace lumineuse.

Décembre 2008

À Pierre
et aux enfants.

À Eloïse
ma petite-fille.

Lise, brusquement, s'arrêta de courir. Son cœur battait trop fort, les coups douloureux résonnaient dans sa tête. Elle fit encore quelques pas pour s'asseoir sur la borne à demi enfouie, à l'entrée du chemin. Elle avait la bouche sèche, ses mains tremblaient. Pourquoi avait-elle fait cela, quitté l'école sur un mensonge ? Les choses n'allaient pourtant pas si bien pour elle, en classe. Ce matin même, Mademoiselle Lucie, comme chaque quinzaine, avait donné le classement des élèves : Lise était la première. Marthe lui avait souri, toute contente. À la première revenait l'insigne honneur de distribuer les bons points ; Lise s'appliqua à remplir, de son mieux, ce rôle nouveau. Il fallait être discrète, passer dans les rangs silencieusement, car le cours commençait. À plusieurs reprises, Mademoiselle Lucie avait eu un geste d'agacement ; à la fin, n'y tenant plus, elle s'était écriée : « Vous ne serez plus jamais première, vos galoches font trop de bruit ! »

Assise sur sa borne, Lise regardait ses pieds. La dame du bureau de bienfaisance avait conseillé de prendre une pointure au-dessus et, depuis, Lise traînait ses galoches trop grandes comme des boulets. Elle reprit sa marche, lentement, mais son souffle ne revenait pas. Ce n'était pas la course qui lui faisait battre le cœur, elle le savait bien, c'était l'anxiété. Lorsque, après la classe, elle avait osé affronter Mademoiselle Lucie pour lui demander la permission de rentrer chez elle parce qu'elle avait mal au ventre au lieu d'assister à l'office du premier vendredi du mois, rien n'aurait pu arrêter son audace. Il fallait qu'elle sache tout de suite ; elle avait besoin de savoir si la lettre de Tante Fifine était arrivée. Depuis trois jours, il n'y avait plus un sou à la maison et si la lettre, avec son billet au creux de l'enveloppe, n'était pas venue ce matin, qu'allaient-elles devenir, Grand'mère et elle ?

Il n'y avait pas trente-six sources d'argent : les secours de la mairie, ceux de la paroisse et les lettres de Tante Fifine. Une autre source, aussi, mais celle-là, Lise l'écartait en frémissant ; d'ailleurs, on y avait déjà eu recours à l'automne, il restait du temps devant soi. Les secours ne faisaient jamais défaut, on pouvait compter sur eux à dates fixes : les bons de pain, les bons de charbon, les bons de galoches, une petite somme d'argent tous les trimestres, cela c'était pour la mairie. La paroisse était aussi ponctuelle, l'affiche placardée à la porte de l'église le rappelait chaque année : le Jeudi saint, les Rogations, la Saint-Jean, la Noël. Les lettres de Tante Fifine étaient aussi assurées, elles arrivaient chaque mois, mais à des jours variables. Sur un quelconque secours, l'épicière faisait un petit crédit, le marchand de charbon une avance, ils étaient sûrs de leur fait, mais que solliciter dans l'attente d'une lettre de Tante Fifine ? D'autant que, cela, Grand'mère le savait bien, le mariage de sa fille, son départ pour Paris, lui avaient valu plus de malveillance que de prestige. Pour tout le quartier, Fifine avait épousé un riche, certaines bouches pincées se demandaient à quel prix. En réalité, Fifine, à dix-huit ans, s'était mariée avec celui qu'elle aimait et qui l'aimait. C'était un grand homme mince, intelligent, instruit, mieux que généreux : bon. Au bout de sept ans de service militaire et de guerre, il avait très modestement commencé sa carrière. Lorsqu'il avait rencontré Tante, on venait de lui proposer une situation à Paris et tous deux s'y installèrent après leur mariage. Mais la vie à Paris était chère ; sans argent pour acheter des meubles, ils prirent un meublé coûteux. Le mari de Tante Fifine était sorti de la guerre aussi rigoureux et humain qu'il y était entré ; en épousant Tante, il prit en charge Grand'mère et Lise, Tante rognait sur beaucoup de choses, mais lorsque le loyer et le gaz avaient raflé sa paye, Tonton portait au mont-de-piété la merveilleuse montre qui lui venait de son père pour que Tante puisse mettre son billet dans la lettre.

Lise ouvrit la petite porte vitrée de la cuisine : l'enveloppe était là, sur le coin du buffet. Éperdue, Lise se jeta dans les bras de Grand'mère. Son cœur battait encore, ses jambes ne la portaient plus, mais quelle importance maintenant ? Lise prit l'enveloppe, sortit la lettre. Le choses se passaient toujours de la même façon : Grand'mère guettait le facteur, elle le voyait chercher dans sa grande boîte noire, en sortir la lettre du salut ; alors elle ouvrait l'enveloppe soigneusement avec son petit couteau à lame mince, trouvait le billet et, comme elle ne savait ni lire ni écrire, elle attendait posément le retour de Lise pour connaître les nouvelles. Elles s'installaient toutes les deux sur la dernière marche de l'escalier et Lise lisait avec application les mots pleins de tendresse contenue, en suivant les lignes avec son doigt pour que Grand'mère vit où elle en était. Ce que Tante disait de Paris, cette ville du bout du monde, leur était irréel.

Lise sautait sur ses pieds, criait qu'elle avait faim. Grand'mère avait acheté les crémets des jours de fête, renouvelé sa petite provision de café. Elles étaient libres, légères ; Lise étourdissait Grand'mère de paroles, annonçait sa place de première, commentait ses notes et passait sous silence les bons points et les galoches, il n'y avait pas de place pour l'ombre en cet instant. Grand'mère l'écoutait en souriant, le sourire de Grand'mère était son discours. Les yeux gris de Grand'mère n'étaient jamais tristes, seulement graves et doux, mais son sourire disait tout, parfois même la détresse. En ce moment, pendant qu'elle passait lentement son café, le sourire de Grand'mère avait son expression la plus rare : le plaisir gourmand. Puis elle eut le geste que Lise attendait, comme chaque fois : assise près de la table, elle vida son vieux porte-monnaie dans son tablier, un petit tas pour le sucre, un pour le pétrole, un autre pour le lait et le beurre, les gros sous de bronze s'empilaient, comme pour un jeu. Lise regardait leur vie de tous les jours, étalée sur la table, assurée. Tout était simple.

Oui, bien sûr, tout allait mieux à la maison. Mais à l'école, maintenant ? Si Lise retournait en classe l'après-midi, sa tricherie devenait évidente. Rester avec Grand'mère, gratter un peu avec elle la terre du jardin, c'était tentant ; mais comment lui faire croire à ce congé subit ? Lise n'avait plus envie de mentir aujourd'hui et, en définitive, elle aimait l'école. Mademoiselle Lucie était sévère, dure, peut-être méchante, en tout cas détestée, mais elle était une enseignante remarquable. Même les plus rebelles en recevaient quelque chose. Tout ce qu'elle vous apprenait était clair, semblait utile et restait toujours sérieux, un peu difficile. Lise aimait cela. L'année dernière chez Mademoiselle Rosalie, on s'amusait bien davantage ; pourvu que l'on sache bien son histoire sainte, elle fermait les yeux sur les fautes d'orthographe et les erreurs de calcul. Mademoiselle Rosalie proposait plus souvent aux élèves de leur faire une lecture à haute voix ou de leur raconter une histoire que de leur dicter un devoir. Ce que la maîtresse aimait aussi, c'était les rédactions de Lise que parfois même elle lisait aux autres. Ç'aurait pu être une année très agréable, mais la jalousie d'un grand nombre qui supportait mal que l'on distinguât la misérable Lise, la mettait mal à l'aise, d'autant qu'elle n'était pas loin de penser comme elles : comparées à celles des livres, ses petites histoires ne valaient pas grand-chose.

Lise prit place dans le rang et fit un effort surhumain pour paraître naturelle en passant devant Mademoiselle Lucie ; celle-ci parut ne pas la voir. Mais au moment où Lise s'asseyait à son banc, la voix s'éleva : « Eh bien, Lise, ce mal au ventre a bien vite disparu ! Si vous avez menti, Dieu vous juge… et votre conscience aussi, je l'espère ! » Cela aussi était bien dans la manière de Mademoiselle Lucie et l'une de ses punitions favorites, placer la coupable devant le tribunal suprême : Dieu, soi-même et les autres, car toute la classe se retrouvait aux côtés de la maîtresse dans sa suspicion indignée. Lise qui s'était levée en entendant son nom, sentait à nouveau sa bouche sèche, ses jambes tremblantes, mais elle ne pensait rien, elle attendait seulement que ce fut fini. Quand elle fut autorisée à s'asseoir, Marthe eut un geste de la main vers elle, mais elle ne tourna pas la tête, pour ne pas voir la compassion de son regard. La leçon d'histoire de France commençait. Lise redevenait elle-même.

Marthe aimait Lise, c'était certain. D'ailleurs, Marthe avait un si grand cœur que beaucoup d'autres y trouvaient place, mais celle de Lise, à n'en pas douter, était à part. Lise, elle aussi, aimait beaucoup Marthe et lorsque celle-ci, à la sortie de l'école, lui proposa de venir chez elle, elle accepta joyeusement.

Avant d'arriver à la maison de Marthe, on suivait un très long mur troué en son milieu par une immense porte à deux battants au-dessus de laquelle s'inscrivait le nom de famille de Marthe, celui de son père, dans un demi-cercle doré, puis on passait devant des bâtiments, des bureaux, avant d'arriver à la maison toute cirée, toute brillante, pleine de cuivres, de lustres, de tableaux. La petite bonne apportait un savoureux goûter, la mère de Marthe parlait à Lise avec douceur ; elle savait déjà que c'était elle la première en classe, celle qui, pour une fois, avait battu sa fille. Elle ne l'en félicitait pas moins chaleureusement, puis revenait aux notes de Marthe, en tirait des indications pour l'avenir, rappelait que son père avait tout de suite vu où sa fille avait commis une erreur. Les grands frères étaient entrés dans la salle à manger ; à leur tour ils parlèrent des résultats des petites et l'aîné proposa à Marthe de lui donner davantage de répétitions à la maison. Comment Lise avait-elle pu être première face à une telle coalition ? Même toute seule, sans sa famille, Marthe était la meilleure, bonne dans toutes les matières, égale, constante. Si Lise avait été première une fois, c'était à cause d'un accident qui était arrivé à son amie, ce ne pouvait être en raison de son mérite. De toutes façons, elle ne serait plus jamais première, tout rentrerait dans l'ordre, Marthe reprendrait sa place et ce serait justice.

Lise mesurait très bien tout cela, sans en souffrir. Ce n'était pas très important de devancer Marthe, il y aurait toujours, d'ailleurs, des terrains où elle était battue d'avance : le dessin où elle était nulle, la couture qui l'ennuyait, la gymnastique parce qu'elle n'aimait que la course. Non, la seule chose qui comptait maintenant, c'était cette force en elle que Mademoiselle Lucie lui avait fait découvrir, par hasard. Ce jour-là, la maîtresse venait d'expliquer un nouveau et difficile problème d'arithmétique ; les élèves en suivaient très mal le raisonnement, c'était visible. Excédée,

Mademoiselle Lucie envoya Marthe au tableau, escomptant sans doute une démonstration bril lante, mais Marthe elle-même peinait sans avancer. Alors, elle interrogea Lise ; celle-ci avait bien une idée de la solution, mais elle hésitait, incertaine. Mademoiselle Lucie s'irrita : « Voyons, Lise, vous êtes intelligente ; servez-vous en… » On venait, par magie, de lui donner la clef d'un trésor. Lise se jeta dans la lumière, elle était intelligente, c'était la solution du problème, pour elle de tous les problèmes. Désormais, l'intelligence serait son arme, son refuge, sa fierté. D'autres enfants pouvaient avoir des robes, des souliers chers ; de bonnes dames, lui faire l'aumône et la morale, certaines interdire à leurs filles de la fréquenter : ni l'humiliation ni l'injustice ne lui seraient plus jamais aussi amères.

L'hiver tirait à sa fin. Ce n'était pas encore le printemps, mais quelque chose, une sorte de douceur, l'annonçait. Un signe aussi, un événement qui ne trompait pas : les mimosas étaient en fleurs. Tout au long de son petit chemin, Lise en retrouvait avec bonheur le parfum trop sucré ; chaque jardin avait son mimosa, les jolies grappes jaunes fleurissaient à profusion, débordaient par-dessus le petit mur jusqu'à ce que toutes les petites boules duveteuses soient venues mourir dans l'herbe. Puis les camélias, les merveilleux camélias, succéderaient aux mimosas, leurs boutons, déjà, étaient prêts à éclater et laissaient deviner leurs couleurs : blanches, roses ou rouges. Autant les mimosas étaient des fleurs légères, folles et indiscrètes, autant les camélias étaient pudiques, secrets et si sûrs de leur beauté qu'ils pouvaient se passer d'odeur, usant de leurs vertes feuilles, dures et brillantes, comme d'un écrin. Lise cueillait tous les mimosas à sa portée pour le seul plaisir de serrer les fleurs contre elle, mais en arrivant à la maison elle jetait au loin son inutile bouquet. Qu'en aurait dit Grand'mère, en effet ? Elle interdisait que l'on touchât à la moindre chose appartenant aux voisins, par honnêteté sans doute, surtout pour s'éviter leurs récriminations, leurs menaces. Toute la famille avait toujours eu mauvaise réputation, elle en était si lasse qu'elle voulait que Lise se tînt tranquille.

Le jardin de Grand'mère avait été autrefois sa gloire et sa richesse. Pas une seule parcelle de cette bonne terre qui n'ait participé à la nourriture de la famille ou à son plaisir. Les légumes et une partie des fruits régalaient la maisonnée, les poulets, les œufs, les lapins, les fruits les plus beaux rapportaient des sommes régulières. Cela, c'était l'époque d'avant Lise. Depuis, l'âge, la fatigue de Grand'mère, le détachement de tout qui la gagnait conduisaient peu à peu le jardin à l'abandon. Tel qu'il était, Lise l'adorait avec ses trois poules dans le poulailler effondré, ses petits lapins dans le clapier, les groseilles et les castilles qui poussaient sans soin et le puits, si vivant et quotidien, le bruit de la chaîne sur la poulie, l'eau fraîche que l'on buvait à même le seau. Dans le jardin de Grand'mère, il y avait, comme dans tous les autres, un mimosa et un camélia en fleurs ; Grand'mère semait toujours des graines de carottes et de poireaux, enfouissait des pommes de terre dans un carré, ce qui fournissait l'essentiel de leurs soupes ; les roses autrefois somptueuses devenaient sauvages et, au début de l'automne, quelques chrysanthèmes aux couleurs de feu rappelaient que le temps de fleurir les morts était venu.

La classe commençait tous les jours, après la prière, par le cours d'instruction religieuse. L'année dernière, chez Mademoiselle Rosalie, on avait appris l'Ancien Testament ; la sainte histoire de ces êtres fabuleux, aux aventures inouïes, passionnait Lise : Noé et son arche, Daniel et les lions, les mots étranges flamboyant sur les murs de sa fosse, Job et son fumier, Abraham prêt à tuer son fils, le petit Moïse dans son panier voguant au fil du Nil... Ce fantastique, cette irréalité qui venaient de si loin, tout cela était bien amusant. C'était, disait-on, la loi de Crainte, mais Lise trouvait que c'était une loi bien commode, on était dans la main de Dieu, sa voix vous guidait, son feu vous éclairait, il suffisait de s'y abandonner et rien ne pouvait vous arriver. Les pires épreuves avaient en elles-mêmes leur justice immanente : après la famine, la manne venue du Ciel ; après sept ans sur un fumier et la mort de tous ses enfants, d'autres enfants et des richesses plus grandes que celles qu'on avait perdues. Il y avait dans l'Ancien Testament quelque chose de satisfaisant.

Cette année, avec le Nouveau Testament, c'était bien différent, il s'agissait des origines et de l'histoire de sa propre religion, comment de ce Dieu né d'une femme, homme parmi les hommes, on avait enfermé l'enseignement dans cet étroit chemin aride, sombre, difficile, dont il ne fallait s'écarter à aucun prix si on voulait atteindre le but suprême. La loi d'Amour était oppressante, elle ne vous laissait jamais en repos, la moindre pensée, même involontaire, devenait péché. De plus, c'était une année grave pour les élèves, Mademoiselle Lucie l'avait rappelé le jour même de la rentrée : elles allaient faire leur première communion et rien ne devait plus les distraire de cette pensée ; plus rien n'était important comparé à cet événement.

L'enseignement religieux n'était pas le fort de Mademoiselle Lucie, trop peu de choses pouvaient être prouvées, clairement démontrées ; il fallait faire croire aveuglément, faire accepter sans comprendre. Elle ajoutait par sa sévérité à l'obscurité des dogmes et des vérités premières ; dans l'Évangile si mystérieux, poétique et parfois tendre, elle ne trouvait qu'interdits et menaces. Lise n'était pas tout à fait de son avis depuis ce jour de la Toussaint où, elle aussi, avait lu attentivement l'Évangile.

C'était une grande fête pour l'Église, les prêtres avaient leurs plus beaux ornements et d'immenses drapeaux bleu-blanc-rouge étaient dressés tout autour du chœur. Dans la nef, la foule des fidèles était surtout composée de femmes et de vieilles gens qui, une fois par an, se rassemblaient pour pleurer leurs morts ; malgré les années on ne pouvait oublier la guerre, les femmes reprenaient leurs vêtements de deuil et serraient autour d'elles leurs enfants encore petits, les vieux laissaient couler leurs larmes ; les saints de l'Église, pour eux, étaient d'abord leurs défunts.

Lise, le cœur serré, plongeait le nez dans son livre de messe pour ne rien voir autour d'elle. Au moment de l'Évangile elle se leva avec les autres et les mots qu'elle lut étaient tout de promesses, d'espoir, de justice. « Bienheureux… », disait Dieu, et tous les malheureux se retrouvaient dans sa béatitude. « Bienheureux ceux qui souffrent », disait-il à tous ceux qui étaient là, en ce moment, dans l'église. « Bienheureux les pauvres… ». Qui était plus pauvre que Grand'mère et elle ? Tout ce que Lise attendait réellement de la religion était là. Mademoiselle Lucie avait, plus tard, donné une interprétation différente des paroles sacrées. Mais comment pouvait-on, à la fois, être riche et « pauvre en esprit » ? plus pauvre que les pauvres ? jouir de tout ce que donne l'argent et assurer son salut mieux que celui qui n'a rien ? Non, c'était inacceptable. Grand'mère et Lise, dans leur pauvreté, étaient assurées d'être bienheureuses, le Royaume des Cieux serait à elles.

Le catéchisme avait lieu le jeudi matin, à l'église ; c'était Monsieur le curé, lui-même, qui le faisait. Grand'mère disait que l'abbé Mercier devait sa rapide ascension aux ambitions et à la fortune de sa famille. Bien qu'inscrite en bonne place sur la liste paroissiale des personnes secourues, Grand'mère n'aimait pas beaucoup le curé qui, contrairement à son prédécesseur, réduisait au même sort l'ivrogne tendant sa gamelle à la porte de la cure et les pauvres gens que le malheur avait vaincus.

On se rassemblait à l'école et, sous la houlette de Mademoiselle Lucie, on gagnait, dans l'église, la chapelle des catéchismes, derrière le chœur. Quand on était installées à son banc, une rangée de bonnes sœurs venait occuper le dernier rang et les cornettes serrées formaient un mur de surveillance. À ce moment arrivaient, presque en même temps, quatre petites filles pour lesquelles étaient préparés, en avant des autres, bien à l'écart, quatre chaises de paille et quatre prie-Dieu. La première, c'était Anne, la fille des châtelains voisins qui, pour toutes les autres qui la regardaient venir, avait un sourire charmant plein de malice ; elle était accompagnée de sa cousine Monique, timide et boudeuse. La troisième, Odile, était un pauvre petit être pâle et souffreteux que sa femme de chambre accompagnait jusqu'à sa chaise, glissant une chaufferette de cuivre sous ses pieds pendant presque toute l'année, avant d'aller attendre au fond de l'église de pouvoir ramener l'enfant chez elle. De la dernière, Bernadette, on ne savait à peu près rien si ce n'est un détail qui, dans cette assemblée, la parait d'un rare prestige : sa sœur aînée était carmélite. Le curé arrivait alors, d'un pas rapide et décidé. Il s'inclinait d'abord longuement devant les petites représentantes de son monde, puis redressait sa petite taille, rejetait la tête en arrière et la leçon commençait.

Si les œuvres de charité étaient la corvée de son ministère, Monsieur le curé était visiblement heureux de faire aux enfants l'honneur de les préparer à leur première communion. Il se savait bon orateur et ne dédaignait pas de l'éprouver sur elles ; son langage était étudié, un peu précieux et il corrigeait ce que les réponses du catéchisme avaient d'abrupt par des commentaires nuancés. Les bonnes sœurs buvaient les paroles sucrées, mais Mademoiselle Lucie s'inquiétait, redoutant de voir combattues la rigueur et l'austérité de son enseignement à elle. La vie des saints occupait une place importante dans toute cette instruction religieuse ; le curé ne manquait pas de rappeler à Monique qu'elle portait le nom d'une grande sainte, mère d'un saint plus grand encore ; tout le monde savait, depuis Lourdes, que grâce à une petite sainte Bernadette, la Vierge y multipliait les miracles et guérissait les malades accourus du monde entier. Mais si, à l'époque, l'Église de France était en émoi, c'était à cause d'une petite Normande entrée au couvent au sortir de l'enfance et morte en pleine jeunesse. Le pape de Rome et toute la chrétienté avaient béatifié, canonisé Thérèse de l'Enfant-Jésus en un temps record ; après lui avoir confié les combattants de la guerre, on lui faisait patronner les missions lointaines. Les catholiques de France étaient éclaboussés de sa gloire : pas une chapelle qui n'eut une statue de la nouvelle sainte, toujours la même, les yeux levés au Ciel, serrant dans ses bras un Christ et une gerbe de roses dont les fleurs s'accrochaient dans les plis de sa robe et tombaient jusqu'aux pieds ; autour de la statue les murs se couvraient d'ex-voto et tous les dévots étaient invités à se mettre sous sa protection.

Lise, comme tout le monde, était très intéressée par la jeune morte si proche, née en France, émue par la pluie de roses. Pour ajouter à l'édification des foules et fournir des exemples aux enfants, on fouillait inlassablement dans cette brève existence pour y trouver des faits saisissants, on accumulait les anecdotes. Mademoiselle Lucie en avait chaque jour de nouvelles ; un matin, elle raconta que Monsieur et Madame Martin, les parents de Thérèse, avaient emmené leurs quatre filles aînées au bal. Thérèse, la plus petite, restée seule à la maison, avait tant prié pour que ses sœurs ne commissent point le mal que leurs pieds restèrent cloués au sol et qu'elles ne purent exécuter un seul pas de danse. Lise avait sursauté ; était-ce vraiment de Dieu que Thérèse tenait ce pouvoir mauvais ? Avait-elle songé au désarroi de ses sœurs, à la gêne de ses parents devant la paralysie subite de leurs filles ? Lise, à ce moment, refusa le patronage de la petite sainte ; n'allait-elle pas arrêter sa main au moment où elle volait des pommes, tirait les sonnettes avant de s'enfuir à toutes jambes ?

Monsieur le curé racontait des histoires bien plus aimables sur Thérèse, mais Lise restait méfiante. Et puis Grand'mère ne l'avait-elle pas placée, comme elle-même, sous la protection de Sainte Anne, sa patronne ? La vieille sainte était peu invoquée dans cette paroisse urbaine et bourgeoise ; c'était une sainte un peu mineure, bonne pour les campagnes et les marins, mais Lise trouvait très bien d'avoir sa grand-mère sur la terre et, peut-être, une autre dans le Ciel.

À la sortie de l'église, un chauffeur ganté de blanc attendait les petites châtelaines. Monique s'engouffrait rapidement dans la voiture, tandis qu'Anne n'en finissait pas de descendre les marches ; elle tournait de tous les côtés sa petite tête rieuse, accrochant du regard les enfants libérées qui se rejoignaient en groupes complices. Quand, enfin, elle pénétrait à son tour dans la grosse auto noire et que le chauffeur refermait la portière auprès de laquelle il avait monté la garde, on voyait Anne, derrière la vitre, se retourner encore une fois, mais son joli sourire avait disparu. Plus loin, la triste Odile, accrochée au bras de sa femme de chambre, faisait à pas comptés la courte distance qui la séparait de sa superbe maison. Arrêtée sous le porche de l'église, Lise, songeuse, observait la scène. Y avait-il aussi un malheur pour les enfants riches ?

Du haut des marches, Lise regardait la place maintenant vide. Quelque cinquante ans plus tôt, la richesse et la bigoterie de la population avaient fait raser une humble et vieille église pour la remplacer par cette énorme basilique, car on n'avait eu de cesse de trouver des reliques pour avoir droit au titre de basilique. Deux petits garçons, martyrs des premiers siècles, s'étaient ainsi vu attribuer un imposant lieu de culte, parce qu'un minuscule morceau de la robe de l'un d'eux était enchâssé dans un reliquaire d'or et de pierreries. Depuis lors, l'orgueilleuse laideur de l'édifice défigurait la place charmante ; il restait pour en rappeler la grâce et la modestie d'autrefois, la cure, deux ou trois maisons religieuses et une petite caisse rurale et urbaine de crédit mutuel, très fréquentée par les paysans des campagnes environnantes.

La place avait aussi gardé ses admirables platanes dont quelques vieillards venaient, à la belle saison, chercher l'ombre épaisse. Une fière statue de Jeanne d'Arc à cheval se cachait sous le toit des feuilles. Lise aimait bien Jeanne d'Arc, plus guerrière que sainte, plus rattachée à l'histoire de France qu'à la piété, qui avait confondu le roi, délivré Orléans et qui avait assuré jusqu'à la mort sa terrible mission temporelle. Lise trouvait naturel de haïr ces Anglais qui avaient brûlé vive l'héroïque jeune fille française.

Lorsque Lise se retrouvait ainsi toute seule, elle rentrait chez elle par l'Avenue. Il fallait d'abord prendre une rue pas très longue, mais large et solennelle où tout ce qui était riche et bien-pensant avait voulu se réunir, à l'ombre de l'église, dans son giron, à côté du cimetière, ce cimetière privé, fermé, réservé aux morts des mausolées et des énormes pierres tombales. Lise détestait certaines de ces maisons lourdes, sévères, celles auxquelles, trop souvent, elle allait sonner. On la laissait toujours très longtemps à la porte avant de lui ouvrir et elle avait beau se faire très petite, coller son nez au mur, elle sentait dans son dos tous les regards des passants posés sur elle, devinant sa démarche. L'une de ces maisons charitables lui réservait à chaque fois une vraie souffrance ; quand, enfin, on lui avait ouvert la porte, on la faisait à nouveau longuement attendre dans un immense corridor sombre, puis arrivait la dame hautaine, glacée tendant à Lise du bout des doigts un bon pour une petite provision de pommes de terre à prendre chez l'épicière. Au remerciement de Lise répondait une sorte de sourire mauvais et commençait un long interrogatoire sur chacun des membres de la famille, sa vie, ses pratiques religieuses. Lise appelait son intelligence au secours pour jauger la dame et écraser sa méchanceté mesquine, mais, petit à petit, la haine l'envahissait ; puis, quand la dame croyait savoir ce qu'elle voulait, elle donnait à Lise un morceau de mauvais chocolat et lui faisait un sermon condamnant la gourmandise. Pour ne pas sentir son cœur lui manquer, il ne restait plus à Lise qu'à constater avec ivresse la laideur de la dame, sa vilaine figure, son affreuse robe, son horrible maison, toute cette hideur qui lui donnait la nausée.

La rue hostile conduisait à l'avenue aimable, animée, diverse ; de beaux grands ormes la bordaient de chaque côté et leurs feuillages légers se mêlaient par endroits aux fils électriques du tramway. Le tram était joyeux, son signal familier que le wattman actionnait du pied remplissait l'air comme s'il voulait se frayer un passage, alors que sa route était toute tracée par les rails luisants ; sa longue perche suivait le fil avec souplesse et provoquait, de temps en temps, une brève étincelle. Le tramway était associé à tous les instants de la vie ; dès les premières heures du jour il emmenait au loin, par delà le centre de la ville, vers le fleuve, les usines, les chantiers, la foule mal réveillée des ouvriers de tous âges, la musette sur les reins. Plus tard venaient les employés au col amidonné, les dactylos, les vendeuses pomponnées. À midi, ceux qui avaient le temps de rentrer déjeuner chez eux couraient vers les longues voitures jaunes déjà bondées, les attrapaient en marche en sautant sur le marchepied et, ainsi, se constituaient des grappes humaines serrées, agrippées aux barres de cuivre. Le receveur tendait le bras tant qu'il pouvait pour faire payer le trajet, puis finissait par y renoncer. Beaucoup de gens calculaient les conditions favorables pour économiser le prix du ticket, même si la main crispée, la peur de tomber, paralysaient le corps tout entier.

Le soir, les ouvriers et les ouvrières revenaient les premiers. Les hommes, harassés par l'effort, le bruit, la chaleur, se tassaient sur les banquettes de bois et restaient sans parler. Les femmes gardaient une part d'énergie pour commenter les événements de la journée, revenir encore sur la férocité du contremaître et les moyens de déjouer ses ruses. Elles mêlaient dans une même plainte venue du cœur les drames des autres femmes, les maladies des enfants et l'ivrognerie des hommes, l'usine et la famille étroitement confondues. Les employés, qui travaillaient surtout au cœur de la ville, étaient, au retour, moins réguliers. Il y avait ceux et celles, toujours pressés, qui couraient par habitude. Il y avait celles qui s'attardaient devant les vitrines, tous ceux qui traînaient par lassitude ou par ennui et puis, il y avait ceux qui rentraient par deux, tendrement serrés, marchant lentement pour retarder encore un peu le moment de se séparer.

Dans la journée le tramway appartenait aux femmes ; il permettait les courses, les visites, les obligations de toutes sortes et, si la chance voulait qu'on y retrouve une connaissance, le papotage offrait un moment de grand plaisir. Le receveur tendait la main au vieillard pour l'aider à monter ; celui-ci, pour le remercier, lui dévoilait un petit morceau de sa vie et se dirigeait, sans hésiter, vers la meilleure place de la voiture. Le jeudi, les mères et les grands-mères contenaient tant bien que mal des paquets d'enfants turbulents, empilant les plus petits sur les genoux des grands, dans l'espoir de payer moins de billets.

Le tramway quittait l'Avenue et s'engageait dans des rues étroites pour gagner le centre de la ville ; à un moment du parcours, la voie devenait unique et le wattman arrêtait sa machine pour permettre à celle qui devait arriver en sens inverse de passer. On commençait par attendre patiemment, mais si trop de temps s'écoulait, l'énervement devenait général et quand, enfin, le tramway vous croisait, on jetait des regards furieux à ses occupants. Ce simple incident se transformait en souci quotidien pour les ouvriers du matin, à cause du passage à niveau. La voie ferrée bordait un des côtés du fleuve, les usines étaient installées en face, de l'autre côté ; or la règle était implacable : pour deux minutes de retard enregistrées par la machine à pointer, c'était une demi-heure de moins sur la paye. Il fallait donc, coûte que coûte, que le tramway vous amène à temps devant le passage à niveau ; les ouvriers sortaient leur vieil oignon, ils savaient, à la seconde près, quand s'abaisserait la barrière et qu'il serait trop tard. Pour ne pas perdre une demi-heure de la paye, des gens s'étaient tués en courant devant le train ; on avait alors rendu la barrière infranchissable. Depuis ce temps, du train qui, à cet endroit, prenait de la vitesse, les voyageurs pouvaient apercevoir des hommes et des femmes, pressés les uns contre les autres, prisonniers de la barrière, et dont la journée commençait mal.

Il y avait aussi, tout au long de l'avenue, de belles maisons cossues, mais le petit jardin qui les entourait, des jouets d'enfants oubliés sur le perron, une plaque de cuivre astiquée à la porte les rendaient humaines. Toute l'avenue était pleine de vie et de bruits coutumiers ; les lourdes voitures de livraison se balançaient au trot de leurs chevaux et les puissantes bêtes s'arcboutaient avec effort pour répondre au cri d'arrêt de leur conducteur, les autos vrombissaient avant de démarrer, le voyageur venu d'ailleurs qui avait pris un fiacre à la gare passait la tête sous la grande capote noire pour se reconnaître. On passait devant la caserne dont l'immense porte, parfois, s'ouvrait à deux battants ; toute la circulation s'arrêtait, les gens s'attroupaient et le régiment défilait, partant pour la manœuvre. À la suite des derniers soldats, le flot de l'avenue, doucement, reprenait son cours.

La caserne des soldats avait remplacé le couvent du Sacré-Cœur. Avant d'être sécularisées, les bonnes sœurs tenaient là une école pour les petits ; les filles de Grand'mère l'avaient fréquentée et Tante Fifine, la dernière, y avait passé des moments parmi les plus heureux de son enfance. La sœur Colombo, non seulement lui avait appris à lire avec gaieté, mais elle refaisait ses petites nattes défaites par le jeu, l'enfouissait dans sa large jupe pour lui faire une cachette et consolait les chagrins que Tante lui confiait à voix basse, la tête penchée sous la large cornette. À cause d'une vieille bonne sœur au cœur tendre, dont elle traînait le regret, Tante n'avait jamais pu s'habituer à la dureté de la grande école et toutes les indispensables années qu'elle y avait passées l'avaient beaucoup ennuyée.

Au fur et à mesure que l'on s'éloignait de l'église, qu'on arrivait au bout de l'avenue, celle-ci devenait plus populaire, plus familière. Les petites boutiques étaient plus nombreuses, leurs vitrines bourrées de choses diverses, la boulangerie, la charcuterie vous grisaient de leurs odeurs. Tout le monde parlait à tout le monde, les femmes en se croisant taillaient une petite bavette, tirées en arrière par de tout jeunes enfants. La marchande de sardines, celle de civelles criaient à plein gosier la fraîcheur de leurs marchandises. Puis, c'était la fin de l'avenue, la fin du quartier ; on arrivait au boulevard qui enfermait la ville. Au-delà, les maisons s'espaçaient jusqu'à ne plus exister, la campagne devenait immense. Lise s'engageait dans son petit chemin.

Le chemin de Lise, celui que tous les enfants de Grand'mère avaient pris avant elle, commençait là, dans la dernière partie de l'avenue. Sans que l'on sache très bien pourquoi, car nulle plaque ne le mentionnait, aucune fleur ne le justifiait, il était pour tout le monde le chemin des violettes. Il filait d'abord tout droit, puis se scindait au hasard, tournait, retournait, s'égarait dans un labyrinthe de ruelles, mais toujours conduisait à des jardins plus ou moins grands au creux desquels se cachaient des maisons plus ou moins modestes. Tout au long du chemin courait, de chaque côté, un petit mur bas hérissé de tessons de bouteilles ; de temps en temps, une porte pleine, en bois gris, enfermait chacun chez soi. Dans cette sorte de village tout se devinait, mais rien ne s'offrait dans ce monde sans mystère, chacun gardait son secret.

La ruelle tournait une dernière fois, à angle droit, et Lise était devant sa porte, une porte comme toutes les autres avec seulement la peinture plus écaillée et le bois un peu disloqué d'avoir tant servi. Une vieille glycine au tronc noueux l'envahissait un peu plus chaque année et, à la saison, les belles fleurs mauves et odorantes vous caressaient le visage. Le mur du jardin avait depuis longtemps perdu ses tessons de bouteilles et des pierres disjointes gardaient, de place en place, la trace de tous les fils de Grand'mère qui, à tour de rôle, l'avaient escaladé. Ils ne connaissaient pas d'autre façon de rentrer chez eux en revenant de l'école : après avoir balancé leur cartable dans le jardin, ils s'agrippaient aux saillies du mur, sautaient de l'autre côté, de plus en plus facilement à mesure qu'ils grandissaient. Devenus hommes, ils enfonçaient la porte d'un vigoureux coup de poing et la grêle petite sonnette, affolée, mettait beaucoup de temps à retrouver son silence.

De tous les fils de Grand'mère, de tous ses enfants, Jean avait été l'aîné. Accrochée au mur de la salle à manger, une grande photographie dans son cadre ovale rappelait que le jeune homme grave avait vécu. Dès qu'il avait été en âge de comprendre les choses, Jean avait dit à sa mère : « Je ne vous quitterai jamais. Pour rester avec vous, je ne me marierai pas… ». Le petit rabat blanc sur la soutane pouvait faire penser qu'il avait enfermé son célibat dans le sacerdoce ; en réalité Jean était frère à quatre bras, unissant de cette façon la promesse faite à sa mère et son amour pour les enfants. La tuberculose l'avait emporté à vingt ans, anéantissant le rêve et depuis, dix fois par jour, Grand'mère regardait avec ferveur le portrait maladroitement retouché. Entre le jeune homme mort et sa mère devenue vieille, le dialogue ne s'était jamais interrompu. D'autres enfants étaient morts, sans doute, mais si petits, des bébés qui n'avaient pas connu leur mère. Seul Jean savait que le malheur et la misère ne s'étaient jamais relâchés ; c'était sur lui qu'elle comptait pour l'accueillir quand le temps serait venu pour elle de le rejoindre, pour se reposer.

Après Jean venait le père de Lise, celui qui avait tant étonné sa mère qu'elle en restait interloquée. De la nébuleuse de sa toute petite enfance, Lise pouvait détacher deux ou trois instants qui s'étaient inscrits dans son souvenir. Les soirs d'hiver, le grand feu dans la cheminée, Lise sur les genoux de Grand'mère, bien au creux de son tablier, avançant vers la flamme ses pieds nus. Grand'mère racontait une histoire dans laquelle il était toujours question de petite-fille et de grand-mère, de loups, de froid, de dangers, dont celle-ci protégeait celle-là. De temps en temps, Grand'mère prenait dans sa main les pieds de Lise pour vérifier qu'ils étaient bien chauds, puis, quand l'histoire était finie, allongeait la petite fille dans ses bras pour la porter dans son lit. Un soir, Lise était restée très longtemps sur ses genoux, mais Grand'mère restait silencieuse ; elle ne lui prenait pas ses petits pieds dans les mains, elle la serrait contre elle et des larmes coulaient de ses yeux. Les plus jeunes enfants de Grand'mère étaient encore à la maison et Lise revoyait Tante Fifine la prenant dans ses bras, la berçant à son tour, gardant sa joue contre la sienne. Beaucoup plus tard, Lise avait compris que c'était le jour où sa mère était morte.

Un autre souvenir lui revenait avec précision ; il se situait bien après celui-là, il n'y avait plus de feu dans la cheminée, son grand'père était couché là-haut, dans son grand lit et, de temps en temps, Grand'mère prenait Lise dans ses bras et lui faisait envoyer un baiser du pas de la porte. Grand'mère et ses filles montaient souvent dans la journée voir Grand'père avec des cuvettes et des serviettes. Un jour que les filles étaient au travail, Grand'mère dut sortir pour faire une course ; Lise était seule à la cuisine quand elle vit Grand'père descendre en chemise de nuit les marches de l'escalier. Lise était toute heureuse, elle le crut guéri ; Grand'père but un verre d'eau, caressa les cheveux de sa petite-fille et remonta dans sa chambre. Quand Lise annonça la bonne nouvelle, Grand'mère monta très vite l'escalier, elle resta toute la journée, toute la nuit dans la chambre ; le lendemain les filles y montèrent à tour de rôle en pleurant. On envoya Lise jouer au jardin, le temps était radieux.

C'est à ce moment-là que, pour la première fois, Lise vit son père. Il avait son superbe costume de soldat, une grosse moustache noire et les yeux bleus. Lise aurait bien voulu rester avec lui, mais on l'envoya pour quelques jours chez une voisine. Quand Tante Fifine revint la chercher, elle lui dit que Grand'père était au Ciel et que son père était reparti à la guerre. Tout le monde était triste à la maison : les filles étaient habillées en noir et pleuraient souvent, Grand'mère ne souriait plus jamais et tout le monde parlait de la guerre qui ne finissait pas.

Un jour, pourtant, ce fut la fin de la guerre. Lise revit son père, elle le revoyait encore maintenant avec une parfaite netteté : assis là, à la table de la cuisine, mangeant des crémets, Lise debout, à côté de lui, suivant du regard chaque mouvement de la cuiller, allant de la blancheur crémeuse à la bouche qui l'engloutissait jusqu'à ce que tout ait disparu. Lise n'avait jamais vu cela : quelqu'un de sa famille mangeant près d'elle des crémets sans lui en donner ! Même maintenant, si longtemps après, elle n'arrivait pas à le comprendre. Ensuite, son père s'était mis à parler très fort, Grand'mère avait une figure comme Lise ne lui en avait jamais vue, les mots qu'elle disait n'avaient plus de son.

Son père avait repris son sac, puis il était parti pour ne plus jamais revenir.

La mère de Lise était dans une petite tombe parmi tant d'autres, dans l'immense cimetière. Son père n'était ni vivant ni mort, seulement absent ; il existait ailleurs pour une autre femme, peut-être pour d'autres enfants. Lise était orpheline.

Ce n'était pas ennuyeux pour elle d'être orpheline parce qu'elle avait Grand'mère. Grand'mère, c'était mieux, même, que certains parents qu'elle connaissait. Mais ce pouvait être un malheur terrible qu'elle comprenait bien, qu'elle avait chaque jour sous les yeux : on pouvait être orpheline de la Préservation.

Tous les matins, la grande porte arrondie de l'orphelinat s'ouvrait à un seul battant ; des enfants d'âges divers, vêtues de la même cape brune, le même béret enfoncé jusqu'aux yeux, en sortaient deux par deux. Elles formaient une colonne serrée conduite par les plus grandes, une religieuse fermait la marche et elles se dirigeaient vers l'école. Lorsque la cloche sonnait la fin de la classe, les mêmes capes se retrouvaient soudées dans le même ordre, la même religieuse les attendait et les comptait au passage pour les ramener vers la sombre porte qui les absorbait jusqu'au lendemain.

Lorsque Lise revenait de chez Marthe, elle était obligée de passer devant l'orphelinat. C'était un immense bâtiment en équerre, aux fenêtres étroites et hautes fermées par des grilles, dont la vue lui serrait le cœur. Il y avait là des dizaines d'enfants que Lise connaissait, beaucoup de religieuses à peine plus âgées que les aînées et pas un bruit ne sortait de ces murs. Pas un cri, pas un rire, pas un pleur, rien, le silence absolu, total, avec seulement, à des heures fixes, un murmure d'oraison.

Parmi les orphelines, il y en avait de toutes petites, presque des bébés ; on les mettait dans la classe enfantine, chez Mademoiselle Marie. Les pauvres petits enfants se serraient autour d'elle, accrochées à sa jupe ou à sa main et l'on pouvait voir, à la récréation, la longue silhouette de la maîtresse penchée sur les petits visages inquiets, essayant avec douceur et patience de les apprivoiser et de les faire jouer avec les autres, mais rien ne les rassurait et elles ne lâchaient pas prise. Alors la vieille demoiselle commençait une petite ronde et, dans un geste de pitié, les ramenait encore plus près d'elle. Les maîtresses étaient, d'ailleurs, dans l'ensemble, bienveillantes et indulgentes envers les orphelines, les interrogeant sur les sujets les plus faciles, les aidant dans leurs réponses, leur donnant un classement favorable. Seule Mademoiselle Lucie les soumettait à sa loi inflexible qui ne connaissait aucune exception : elle exigeait de toutes la même attention, le même effort, le même travail. Mais était-ce si mal, se demandait Lise, de traiter les orphelines comme les autres élèves, de vouloir à tout prix qu'elles aient, elles aussi, leur part de savoir ?

D'où venaient-elles ? Qui étaient-elles ? Personne parmi les élèves n'aurait pu le dire, car nulle n'osait poser de questions. Mais tout le monde savait où elles allaient, ce qu'elles deviendraient. Quelques-unes, fortement incitées en cela par l'aumônier et la Supérieure, prendraient le voile et seraient peut-être, à leur tour, les assistantes de nouveaux enfants assistés. Les autres, toutes les autres, seraient domestiques. Elles n'étaient élevées, formées, préparées qu'à cela et il y avait là sans doute l'explication de la mansuétude des maîtresses ; à quoi bon tourmenter ces enfants ? Une bonne en sait toujours assez. Les bourgeoises pieuses recherchaient beaucoup les services de ces jeunes filles qui savaient tout faire, elles venaient parlementer avec la Mère supérieure et repartaient avec une adolescente dont elles devenaient la maîtresse et à laquelle elles n'avaient plus qu'à enseigner le style et les habitudes de leur maison. La jeune servante ne vivrait plus que d'une partie de la vie de ses maîtres, adoptant leurs idées, leurs opinions, leurs manières, se pliant à leurs manies, élevant leurs enfants, recevant les confidences des uns, les rebuffades des autres, soignant jusqu'à la fin leurs vieux parents avec, comme récompense, l'honneur prestigieux de figurer en dernière ligne sur le faire-part de leur mort. Un tout petit nombre seulement se marieraient, peu séduites par un rustaud ; leur chambre avait beau être sous les combles, leur couvert à l'office, ce luxe qu'elles servaient sans cesse leur semblait nécessaire, mais, pour un jeune homme qui leur faisait battre le cœur, elles n'étaient que des domestiques.

Lili était l'une de ces orphelines, mais elle ne ressemblait à personne. La règle imposait à toutes d'avoir les cheveux serrés, tirés en arrière ; le petit col blanc rabattu sur le sarrau noir ajoutait à la banalité de l'uniforme, sans parvenir à l'égayer. Comment Lili faisait-elle pour ramener ses cheveux blonds dans une grosse natte dont s'échappaient mille frisettes ? Et pourquoi son col blanc à elle formait-il cette auréole autour de la petite colonne de son cou ? Jusqu'à ce nom : Lili, qu'on avait dû lui offrir comme on rend un hommage car jamais une orpheline n'avait eu droit à un diminutif ! Quelle grâce, quelle force l'habitaient ? Lise était fascinée par l'enfant rayonnante que son propre malheur ne paraissait pas atteindre.

Déjà, l'année dernière, chez Mademoiselle Rosalie, elles s'étaient quelquefois chuchoté des petits secrets qui les faisaient pouffer, mais Lise avait une grande amie, Germaine, et aussi Marthe qui voulait le devenir. L'événement avait eu lieu cette année, le jour même de la rentrée ; Lise attendait dans le préau l'arrivée des orphelines, dont la pensée l'occupait toujours un peu. Lili arriva avec les autres et, lorsque leurs regards se croisèrent, quelque chose de plus fort qu'elles les emporta en même temps. Debout l'une devant l'autre, elles comprirent que plus personne, jamais, n'aurait la même place dans leur cœur.

Et puis, cela Lise le sentait bien, elle aimait Lili pour sa beauté. Lorsque dans la classe, les élèves étaient studieusement penchées sur leurs cahiers, si Lise en relevant la tête apercevait la joue rose de Lili, elle ne pouvait plus en détacher son regard ; le mouvement de la tête découvrait la jolie nuque et faisait saillir la bouche ronde. Quand, enfin, Lili, sentant peser sur elle le regard de son amie, tournait vers elle son radieux sourire, Lise était envahie par le bonheur.

À cette amitié violente, les joies les plus habituelles étaient interdites. Les orphelines arrivaient en classe au premier son de cloche et repartaient au même signal. Jamais Lise et Lili ne se promèneraient ensemble, comme cela, pour le plaisir, jamais elles ne se raccompagneraient l'une l'autre, à l'infini, et ne se diraient au moment de se quitter ce que l'on ne dit jamais à personne. Elles ne connaîtraient jamais ensemble les jeux de la liberté, elles ne se prendraient pas par la taille, en sautant d'un pied sur l'autre, le long de la rivière ce que font toutes les amies qui s'aiment.

Le seul moment de la vie où les orphelines pouvaient se mêler aux autres, c'était, le matin et l'après-midi, le temps de la récréation, mais les maîtresses interdisaient les apartés, les tête-à-tête : tout le monde devait jouer ensemble. Un jour d'hiver où il avait beaucoup neigé, les élèves étaient tassées dans le préau et jouaient bruyamment. Lise et Lili se retrouvèrent, sans l'avoir cherché, côte à côte, admirant la cour toute blanche ; d'un même élan elles se prirent par la main et restèrent là, immobiles, presque sans parler, se regardant quelquefois, intensément. Depuis, dans toutes les rondes, dans tous les jeux, chacune toujours cherchait la main de l'autre, pour retrouver l'émoi du jour de la neige.

Il y avait encore, à l'école, une autre catégorie d'orphelines. Même si, maintenant, il n'y en avait plus de très petites, il y en avait à peu près dans toutes les classes. Elles étaient chargées d'un titre lourd d'honneur et de respect, c'étaient les pupilles de la nation. À maintes occasions, les maîtresses s'adressaient à elles, solennellement, et leur rappelaient qu'elles devaient être fières du nom de leur père et fidèles au souvenir de celui qui avait donné sa vie pour la France. Les enfants écoutaient, les bras croisés, indifférentes ; ce qu'on leur disait, on le leur avait déjà beaucoup dit.

La petite Jeannette, que Lise aimait bien, avait perdu son père à la guerre. Lise voyait le soldat, comme dans son livre d'histoire de France, debout, les bras levés, tenant dans une main un fusil, dans l'autre un drapeau, son beau costume ensanglanté, criant quelque chose de sa bouche crispée, avant de tomber sur tous les autres soldats déjà morts. Jeannette était une petite fille toute menue et très brune, réservée, sérieuse ; de temps en temps, Lise aimait la raccompagner. Jeannette s'arrêtait chez l'épicière avant de monter chez elle : elle sortait un petit papier de sa poche et remplissait le cabas qu'elle avait déposé le matin, puis chacune prenait une anse et montait les trois étages qui conduisaient au minuscule logement de Jeannette et sa mère. La petite cuisine, l'unique chambre étaient d'une propreté, d'un ordre méticuleux ; une planche fixée sous la fenêtre servait de table et il fallait se hisser sur de grands tabourets pour être à bonne hauteur. Les petites mangeaient les tartines de leur goûter en balançant leurs jambes pendantes, puis on faisait ensemble les devoirs et Jeannette demandait à Lise beaucoup d'explications.

Ensuite, Jeannette emmenait Lise dans la chambre. Partout, sur les murs, sur le moindre meuble, il y avait des photos du père. Jeannette et lui ne s'étaient jamais vus ; il avait été tué un peu avant sa naissance, mais quand Jeannette entrait dans cette chambre, les traits de son visage se figeaient. Elle s'asseyait sur le lit, prenait dans ses mains la photo la plus proche et commençait à réciter ce qu'on lui avait pieusement appris. Elle disait les perfections de ce héros sans défauts, sans péchés, dont la mort exemplaire avait sauvé la France. Tout autour de la pièce, d'autres photos, ou la même, mais agrandie, encadrée différemment, auxquelles on ajoutait quelques fleurs, constituaient autant de reposoirs pour se recueillir. Lise découvrit que la photo tant reproduite était celle du mariage du père et de la mère de Jeannette, mais on avait escamoté la femme, elle n'existait plus, seule demeurait la photo du mort, du temps qu'il était un tout jeune homme solide, avec une bonne figure ronde, pleine de vie.

Jeannette montrait aussi les médailles, les rubans de son père, elle voulait montrer encore d'autres reliques, mais Lise n'écoutait plus. Elle détestait ce mort, tous ces morts qui étaient allés se faire tuer en chantant, sans se soucier des enfants qu'ils laissaient, les abandonnant à la tristesse, à la solitude, aux murs de photos, au poids de souvenirs et de regrets qui n'étaient pas les leurs. Jeannette tout à l'heure préparerait le repas du soir puis, toute seule, attendrait le retour de sa mère en berçant dans ses bras sa poupée trop bien habillée.

La mère de Jeannette, avant son mariage, était couturière. Depuis la mort de son mari, on lui avait donné une place dans un atelier et son salaire était régulier, assuré, sans morte-saison, mais elle était tout le jour absente et la mère et la fille n'avaient guère que le dimanche pour être ensemble. Leur intimité était d'ailleurs brève, car il fallait visiter la famille, la grand-mère surtout, la mère du soldat mort, qui avait toujours un regard si apitoyé pour Jeannette et pour sa mère les mêmes pressantes recommandations.

Lise fut invitée, un dimanche, à déjeuner chez Jeannette. Grand'mère cueillit dans le jardin un joli bouquet pour la dame, Jeannette avait sculpté les radis roses en forme de fleurs ; le repas fut charmant, mais la nourriture n'était pas très bonne ; la mère était au régime et pensait qu'il ne pouvait qu'être bon pour sa fille. Sans cesse préoccupée par sa mauvaise santé, dans la crainte de manquer à l'enfant, elle écoutait tous les conseils ; « je ne peux pas me permettre d'être malade », disait-elle, pour s'excuser. La mère regardait Lise d'un air attendri, pour la remercier d'être l'amie de sa fille ; elle aurait tout donné pour qu'elle soit moins seule, qu'il y ait un peu de gaieté autour d'elle. Lise regardait les deux visages qui se ressemblaient tant : elles étaient toutes les deux petites, si menues et si brunes. Jeannette avait pris sa mère par le cou et penché la tête sur son épaule, mais elle gardait son air sérieux. Sa véritable amie, sa petite sœur de toujours, c'était sa cousine Marcelle, orpheline de guerre comme elle. Pendant toutes les petites classes, elles étaient allées à l'école ensemble. Puis la mère de Marcelle s'était remariée, le nouveau mari les avait emmenées dans sa maison, à l'autre bout de la ville, et elles ne se voyaient plus que rarement. Tout le monde avait blâmé la mère pour ce remariage jugé hâtif, mais Jeannette voyait bien que Marcelle et elle avaient une vie heureuse, pleine de mouvement et de chaleur et qu'un homme bien vivant, en rentrant le soir, les prenait ensemble, toutes les deux, dans ses bras.

Il y avait les dimanches sans argent, si tristes, interminables. Lise, en sortant de la messe, traînait tant qu'elle pouvait, empruntant un chemin inhabituel pour être sûr de ne rencontrer personne de connaissance et retarder encore le moment d'arriver à la maison. L'épicière, une nouvelle fois, avait consenti une petite avance de beurre et Grand'mère, pour leur déjeuner, faisait des galettes de blé noir. Les galettes étaient fines, légères, Grand'mère les réussissait mieux que personne ; c'était ordinairement leur régal, mais le beurre à crédit, l'inquiétude du lendemain leur ôtaient, ce jour-là, toute saveur. Puis Grand'mère faisait bouillir son marc de café, toujours mis de côté pour les mauvais jours. Dans la liste déjà longue de ce que Lise ferait quand elle serait grande, il y avait, en bonne place, son intention d'acheter toujours du café frais pour Grand'mère puisque, à l'évidence, elle aimait tant le café, et puis parce que Lise ne pouvait pas supporter le marc bouilli. Son odeur fade était pour elle l'odeur même de la misère ; même dans les meilleurs moments, quand il y avait sur la toile cirée tant d'argent étalé qu'on pouvait croire qu'on n'en manquerait plus jamais, Grand'mère faisait sécher le marc de son café, l'enfermait dans une boîte décorée, sachant qu'un jour prochain elle en aurait besoin.

Le dimanche pauvre était aussi long que toute une semaine. Grand'mère restait silencieuse, un peu absente, elle s'asseyait près de la porte vitrée, prenait son tricot, mais la chaussette commencée restait longtemps enfouie au creux de son tablier, sous les mains croisées. Lise montait au grenier.

Il était sans mystère pour elle, elle en connaissait tous les recoins ; il ne contenait non plus rien d'intéressant, quelques chaises bancales, des habits hors d'usage, énormément de vieilles galoches ou chaussures éculées qu'on ne s'était jamais résigné à jeter. Lise ne montait au grenier que pour se pencher à sa petite fenêtre arrondie : elle aimait la vue qu'on y découvrait, plongeant dans les jardins voisins, sautant par-dessus les petits murs bas, se perdant à l'infini aussi loin que le regard pouvait porter. Sur tout un côté de l'horizon, la campagne entière était découpée en longues bandes de terre plus ou moins étroites, séparées de place en place par des serres scintillantes. Toute l'ingéniosité, l'effort, la ténacité, toute une forme de richesse aussi, de la région, étaient là, dans ces cultures patientes et délicates, pratiquées par des paysans évolués qui avaient su utiliser au mieux la terre fertile, le climat tiède et mouillé. Un peu partout, des hommes mettaient à profit le repos du dimanche pour s'affairer dans leur jardin ; au loin les bras multiples des arroseuses tournaient à toute allure.

Lise finissait toujours par tourner la tête vers ce qu'elle redoutait de voir, le jardin tout près d'elle, là sous ses yeux, celui de la voisine. C'était un jardin superbe et muet, tout y était plus beau qu'ailleurs mais, tout comme la maison qu'il entourait, noyé de silence. Madame Blot vivait là, depuis toujours, avec sa fille idiote. On les voyait quelquefois passer dans le chemin, l'immense fille appuyée au bras de sa mère, traînant les pieds, sa figure jaune et laide trouée par d'énormes lunettes noires. Madame Blot avait un regard qui durcissait tous ses traits et, lorsqu'on la croisait, elle baissait rapidement les yeux pour n'avoir pas à saluer. De temps en temps, de sa main libre, elle caressait la grande main inerte posée sur son bras et Grand'mère affirmait que les deux femmes se comprenaient, que les grognements rauques de la fille avaient un sens pour sa mère. La pauvre femme avait eu un jour l'idée insensée de faire faire à l'innocente sa première communion ; on l'avait affublée d'un voile blanc et d'une couronne et la mère avait presque un sourire en la conduisant à la Sainte Table. Mais l'idiote avait recraché l'hostie en poussant des cris inarticulés et, depuis, Madame Blot n'allait plus à la messe qu'aux fêtes carillonnées et restait dans le bas de l'église.

Un jour, alors que ses enfants étaient tout jeunes, Grand'mère avait entendu un grand chahut dans le grenier, auquel répondait d'affreux hurlements angoissés dans le jardin voisin. Elle monta l'escalier en toute hâte et ce qu'elle vit la stupéfia ; les enfants déchaînés lançaient à toute volée les vieilles galoches et tout ce qui leur tombait sous la main sur la pauvre innocente que sa mère venait d'installer, seule, au soleil. Madame Blot refusa brutalement les excuses et les regrets navrés de Grand'mère et, désormais, détourna la tête sur son passage. Les enfants reçurent les plus belles taloches de leur vie, mais d'avoir ainsi découvert la cruauté de ses enfants laissa au cœur de leur mère une blessure toujours sensible. Grand'mère, qui en avait tant vu, refusait toujours de reconnaître la méchanceté, elle ne pouvait accepter celle de ses enfants.

Lise, au-dessous d'elle, entendit s'ouvrir la porte de la cuisine. Elle bondit, à la suite de Grand'mère, mais, aujourd'hui, elle savait qu'on ne sortirait pas ; tout comme elle, Grand'mère ne voulait rencontrer personne, elle allait seulement jusqu'au poulailler dénicher le dîner pour Lise ;

pour elle, elle ferait une panade bien épaisse qu'elle mangerait lentement. Lise prit sa main et la serra très fort, Grand'mère l'attira contre elle et lui sourit ; elles revinrent ainsi, toutes proches, vers la maison, Lise tenant dans sa main le bel œuf encore chaud. Le soir tombait, mais il restait encore un peu de pétrole dans la lampe ; Lise retrouvait sa langue, Grand'mère répondait avec douceur à toutes ses questions et faisait faire quelques rangs de chaussette à ses rapides petites aiguilles. On se coucherait de bonne heure, le triste dimanche était fini ; demain, peut-être, sûrement, tout irait mieux.

Il y avait aussi les dimanches où l'on était riches et là, tout devenait agréable. Il fallait toujours mettre, pour aller à la messe, ce qu'on avait de mieux, pour Grand'mère, c'était un principe. Elle disait : « Tu irais chez le roi de Chine, tu te ferais belle, n'est-ce pas ? Alors, hein ? le bon Dieu, c'est autre chose que le roi de Chine !... » et Lise enfilait le petit manteau trop court, râpé, lustré par tant de coups de brosse, mais dont le petit col de velours était la marque d'une indiscutable élégance. Lise était chargée de faire, en sortant de la messe, l'achat de viande de la semaine. Elle ignorait le boucher de Grand'mère parce que Madame Francoz, la bouchère, dès qu'elle la voyait entrer, se dressait derrière sa caisse et criait devant tout le monde : « As-tu des sous ? ». Non, Lise réservait sa pratique au boucher du commencement de l'Avenue, celui qui fournissait tout le monde ; elle laissait passer devant elle des dames qui commandaient des choses extravagantes et quand son tour était venu, le boucher l'appelait « jeune fille » et lui disait « vous » ; Lise faisait semblant d'hésiter, puis demandait d'une voix assurée : un petit morceau de veau pour mettre à la cocotte. Le boucher ficelait le minuscule rôti et ajoutait un gros os pour faire du jus ; Grand'mère avait gratté beaucoup de carottes pour mettre autour et le fricot, sur le coin du fourneau, embaumait toute la maison jusqu'au déjeuner. Pour le dessert, Grand'mère avait préparé des œufs au lait ou des pommes au four, tout était si bon qu'on mangeait beaucoup, un peu trop ; Grand'mère avalait, brûlant, son bon café, on restait un moment, assises, les coudes sur la table, répétant plusieurs fois qu'on avait bien déjeuné. À la vérité, on n'aimait pas tellement la viande et la question de Madame Francoz était ridicule ; pourquoi Grand'mère et Lise auraient-elles demandé à crédit ce dont elles pouvaient si bien se passer ? C'était bon du temps où les fils de Grand'mère devenaient grands et en avaient besoin, l'exigeaient. À présent, pour toutes les deux, la viande du dimanche, c'était la preuve qu'on était comme les autres, c'était le pain de tout le monde, de ceux qui n'étaient pas pauvres.

L'après-midi on partait, bras dessus, bras dessous, se promener au hasard de sa fantaisie. Grand'mère rencontrait de temps en temps l'une ou l'autre de ses vieilles amies, celles qu'elle avait connues, il y a bien longtemps, au lavoir au temps où tant de ballots de linge passaient entre les mains de ces femmes. Elles étaient jeunes, vaillantes, Grand'mère était solide malgré sa maigreur et toutes venaient toujours à bout de leur gigantesque tâche. Grand'mère et son amie parlaient de ces temps passés, se souvenaient d'un moment heureux, d'un fait amusant qui les faisait rire encore. On parlait peu du présent qui, pour beaucoup, se ressemblait. Les maris étaient morts, les enfants partis, les joies, les peines étaient souvent les mêmes, mais on ne les mettait plus en commun, comme au temps du lavoir.

On finissait toujours par aller du côté de la rivière où l'on s'asseyait un instant. Dès les premiers beaux jours, il y avait beaucoup de monde ; on voyait dans l'herbe les traces des pique-niques, les jeunes gens partaient en barque, les pères aussi accompagnés des aînés de leurs enfants, tandis que les mères restaient sur le bord, surveillant et criant après les plus petits. Les enfants se poursuivaient en riant et Grand'mère engageait Lise à se joindre à eux pour une partie de cache-cache. Mais Lise dédaignait cela, ces enfants, ces jeux, cette affluence ; la rivière, c'était son domaine et celui de Germaine, mais le dimanche la rendait méconnaissable.

Grand'mère relevait les coins de son tablier, le remplissait d'herbe pour les lapins et rentrait lentement à la maison. Lise sortait sa corde à sauter, courait dans le cercle mobile, de plus en plus mobile, de plus en plus vite, revenait vers Grand'mère, puis repartait, faisant dix fois le chemin du retour. En arrivant, elle courait au clapier, prenait l'herbe à pleines mains du tablier rebondi pour la donner aux charmantes bêtes. « Assez, assez, disait Grand'mère. Ne leur donne pas tout, ils auraient le gros ventre… » Les lapins se bousculaient en mangeant, l'herbe disparaissait, hachée par les dents tranchantes ; les petits nez semblaient remuer encore davantage, les yeux briller de plaisir. Lise, accroupie, regardait jusqu'au bout la scène qui la faisait toujours rire, tandis que Grand'mère évaluait du regard celui d'entre eux qui, bientôt, ferait l'affaire du voisin, car on n'élevait les lapins que pour les vendre.

Lise allait parfois, le dimanche, déjeuner chez Tante Clarisse et le plaisir commençait bien avant d'arriver chez elle. Grand'mère donnait cinq sous pour le tramway, car Tante habitait loin ; Lise irait à pied, elle en avait l'habitude et, ajoutés à ses cinq sous du dimanche, cela faisait une somme. Tout le temps que durait la messe, Lise se demandait ce qu'elle ferait des dix sous ; elle achèterait des bonbons, comme toujours, elle aimait tellement les bonbons que si elle n'avait pas eu une si grande peur de se faire prendre, elle en aurait volé dans toutes les boutiques. Oui, avec dix sous, on pouvait avoir des dragées aux amandes, des dragées longues et plates, celles que vendait le pâtissier, de loin le bonbon préféré. On passait, aussi, un moment bien plaisant à la pâtisserie ; la boutique était pleine de monde et avait des odeurs à vous faire tourner la tête.

Les maraîchères, conduisant elles-mêmes d'une main sûre leur cabriolet, accompagnaient leurs enfants à la messe des catéchismes et, à la sortie, tout le monde envahissait la pâtisserie. Ces gens qui s'étaient enrichis au prix d'un travail si dur élevaient leurs enfants dans la mollesse et les gâteries et Lise détestait ces grosses filles sottes qui avaient de la fourrure autour du cou et un sac à main qui leur battait le mollet. En classe, elles étaient outrageusement chouchoutées parce que grâce à elles, les maîtresses ne manquaient jamais ni de fruits ni de légumes ; par leurs présents toujours renouvelés, la chapelle était encombrée de bouquets prétentieux et démesurés. Chez le pâtissier, elles n'en finissaient pas de se décider entre tous les gâteaux que leurs mères les suppliaient de choisir. Lise les observait et les trouvait ridicules ; profitant de la cohue, elle ne résistait pas au plaisir de les bousculer un peu au passage ; les filles se retournaient en grognant, l'une d'elles reconnaissait, étonnée, le petit manteau à col de velours qui lui avait appartenu.

Tante Clarisse habitait un quartier aristocratique et tranquille ; la cathédrale toute proche, le château, le palais de justice, le musée, tout était majestueux, rassurant. Les belles maisons s'alignaient le long du cours tout planté d'arbres, les gens descendaient de magnifiques voitures là aussi, les bras chargés de gâteaux. Ils étaient, ici, encore plus riches que les gens riches de sa paroisse ; sans savoir pourquoi, Lise les trouvait plus attirants.

D'une façon un peu inattendue, s'ouvrait l'impasse où demeurait Tante. À l'entrée, quelques maisons plantées au hasard, puis l'atelier du maréchal-ferrant, enfin une série d'écuries donnaient à l'ensemble un air de village. Le soir, après le passage du dernier train, les clochers des fiacres de la gare venaient, les uns après les autres, selon la longueur de la course, remiser chevaux et voitures. On entendait le bruit des sabots sur les pavés, les cris gutturaux des cochers parlant à leurs bêtes et leur souhaitant bonne nuit, puis l'impasse retrouvait son calme jusqu'au lendemain matin.

Lise aimait de tout son cœur Tante Clarisse, sa douceur blonde, la masse mousseuse des cheveux autour du fin visage, mais l'oncle la mettait mal à l'aise ; il détestait tant les curés et les bonnes sœurs qu'il lui posait sans arrêt des questions stupides pour se moquer d'elle et l'embarrasser. On disait que l'oncle faisait de la politique ; à la façon dont on en parlait et en raison de son caractère, Lise pensait que ce devait être quelque chose de mystérieux et d'un peu inquiétant. L'oncle connaissait aussi son devoir : Grand'mère avait droit chaque mois à une petite aumône mais, pour le reste, il tenait le compte de l'argent que gagnait sa femme comme du sien. Tante était parmi les aînés des enfants de Grand'mère ; elle avait toujours, dès sa jeunesse, beaucoup travaillé, la couture d'abord, mais on n'y gagnait rien, puis l'atelier, l'usine pendant la guerre où les femmes tournaient les obus. À force d'application et de leçons répétées tard le soir, elle en avait suffisamment appris pour être, maintenant, employée aux écritures dans une petite fonderie.

À Lise qui grandissait si lentement, les dames de l'ouvroir s'obstinaient à donner des vêtements beaucoup trop longs, en prévision d'une croissance qui ne venait pas. Tante Clarisse s'installait devant sa machine à coudre, retaillait, recousait, reprenait la taille, les manches, l'ourlet. Elle trichait un peu sur sa paye pour acheter des chaussettes, un petit jupon et Lise, grâce à elle, était très contente de sa toilette. Malgré les mauvaises plaisanteries de l'oncle, le déjeuner, dans le petit appartement si clair et si bien tenu, était charmant ; et puis Tante cuisinait si bien, elle faisait l'embeurrée exactement comme Lise l'aimait.

L'après-midi, l'oncle, qui travaillait habituellement la nuit, allait dormir ; Tante et Lise étaient libres d'aller où bon leur semblait. On faisait toujours un tour devant les vitrines du grand magasin, Tante prenait une idée de robe, éprouvait une petite envie de sac ou de foulard, mais la réprimandait vite ; on ne s'attardait pas, le centre de la ville privé de son animation de la semaine était morne et vide. On gagnait les quais du fleuve, on contournait le château, admirant les jardins dessinés qui comblaient les douves et on remontait doucement vers le cours où l'on s'asseyait sur un banc. Tante parlait beaucoup avec Lise ; elle ne faisait pas, comme l'oncle, de la politique, mais elle avait des idées précises qu'elle exprimait avec fermeté, elle parlait des ouvriers qu'elle connaissait bien, de leur vie sombre et difficile, de leur travail épuisant et sans cesse menacé, pour que s'accroisse encore la richesse de gens si riches : elle disait ce qu'il fallait faire pour que cesse l'injustice. Lise l'écoutait attentivement sans comprendre, car l'injustice, elle le voyait bien, était partout, recouvrait la terre entière : Grand'mère l'avait subie toute sa vie, elle atteignait les ouvriers de Tante, les orphelines, Lise elle-même… Comment arrêter cela ? Ce ne pouvait être l'œuvre que de Dieu lui-même, la justice ne pouvait être que divine, pour une autre vie, céleste celle-là. Mais Tante tenait à son idée, elle montrait sa carte du syndicat, prononçait avec ferveur les noms des hommes dans lesquels elle mettait tout son espoir.

Tante Clarisse profitait aussi du dimanche pour venir voir Grand'mère. Elles montaient toutes les deux dans le tramway et le chemin que Lise avait fait à pied le matin filait maintenant à toute allure. On avait juste le temps de voir, sur le trottoir, quelques familles déambuler au pas de promenade ; on apercevait par une fenêtre ouverte une jeune fille jouant du piano. Tante achetait une fouace pour Grand'mère et, ensemble, elles prenaient le petit chemin.

Dans l'une des premières maisons, qui donnait directement sur le chemin, habitaient des amies de Tante, devenues maintenant des amies de Lise. Les demoiselles Gonthier étaient couturières et travaillaient tout le jour près de la fenêtre basse, ouverte au premier soleil. Raymonde, la plus jeune, avait été en classe avec Tante ; elles avaient même été ensemble chez une couturière de la ville, mais le ramassage des épingles à l'aide d'un gros aimant, les livraisons des paquets constituant le seul apprentissage, Madame Gonthier avait repris sa fille et, comme à l'aînée, lui avait enseigné elle-même son talent et ses secrets. Thérèse et Raymonde étaient des fées, enjouées, bavardes, bienveillantes, et ce qui sortait de leurs mains habiles tenait du rêve. En rentrant de classe, Lise jetait toujours un regard vers la fenêtre de ses amies ;

très souvent Raymonde avait les lèvres resserrées sur une rangée d'épingles et se contentait de lui faire un petit signe de main mais, dans les périodes de pause, la conversation pouvait être longue. Lise posait beaucoup de questions, les sœurs, volubiles, parlaient volontiers de leur joli métier qu'elles affectionnaient et qui, à les entendre, était facile. Quand on avait beaucoup parlé, Raymonde disparaissait, puis revenait avec un air malicieux ; Lise devait tendre la main, fermer les yeux ; elle sentait alors, déposé au creux de sa paume, le poids léger et frais de la plus grosse fraise du jardin qu'on était allé cueillir pour elle. Ou bien c'était la première poire William que Lise courait porter à Grand'mère pour lui rappeler celles qui, autrefois, dans son jardin, dépassaient toutes les autres en splendeur.

Avec Tante Clarisse, le dimanche, on avait tout son temps et on s'asseyait un moment sur le rebord extérieur de la fenêtre. Les femmes échangeaient les nouvelles, mais c'étaient surtout les sœurs qui parlaient : elles disaient des choses gentilles, aimables, sur les qualités des uns, les mérites des autres ; Thérèse offrait à Tante un petit verre de malaga, puis allait chercher leur dernier chef-d'œuvre. Elle posait la robe soyeuse, aérienne, sur le mannequin de toile et la faisait virevolter ; le soleil frappait le parquet reluisant et toute la robe était nimbée d'une lumière d'or : la robe devenait habitée, elle marchait, elle dansait, elle rendait belle la femme qui la portait. Lise ne connaissait rien de plus beau et restait là, éblouie. Les demoiselles Gonthier habillaient aussi, pour leur mariage, les jeunes filles du voisinage et quand elles ôtaient la housse de gaze et découvraient la robe des noces, on croyait vivre un conte de fées. Mais Tante, brusquement se taisait ; ces histoires de beaux mariages l'assombrissaient toujours un peu.

Un jour, Lise prit sa décision : elle serait couturière, et elle en parla à Grand'mère. Celle-ci se récria vivement, la couture était le dernier des métiers, il n'y avait aucun espoir de réussite, toutes ses filles en avaient plus ou moins tâté et s'étaient retrouvées à l'usine, sauf Fifine qui avait rapidement compris et était retournée à l'école. Et puis les demoiselles Gonthier avaient succédé à leur mère qui avait une grande réputation ; elles avaient hérité de ses dons et de sa clientèle. « Pourquoi, toi, réussirais-tu comme les demoiselle Gonthier ? » Lise se le tint pour dit et n'en parla plus, mais, pour elle, la question resta posée : « Pourquoi, elle, ne réussirait-elle pas comme les demoiselles Gonthier ? »

Pâques serait bientôt là. Malgré l'austérité de la semaine sainte, la tristesse de l'église, quelque chose dans l'air annonçait la fête. Dans chaque famille, une jeune fille, au moins, préparait sa robe claire, son chapeau fleuri ; l'air se chargeait d'odeurs, le soleil était déjà chaud. On allait accrocher aux tramways les baladeuses à claire-voie qui pendant deux jours déverseraient au rond-point les foules en tenue de printemps.

L'Assemblée des œufs de Pâques se tenait ici, tous les ans, au bout de l'Avenue : la ville entière viendrait s'y presser, la campagne s'y rendrait en carrioles bondées. N'importe qui pouvait y installer sa table, la recouvrir d'un drap blanc et commencer à y monter cette pyramide d'œufs durs de toutes les couleurs, qui tenait du prodige. Bien entendu, c'était la plus belle, la plus haute, la plus colorée qui attirait le chaland et qui se vendait, tout de suite, jusqu'au dernier œuf.

Il n'y avait pas que cela à l'Assemblée ; on y trouvait des marchands de berlingots, de nougats, de pommes d'or, ceux qui vendaient des poupées de chiffon, des ballons, des fétiches, des sifflets, des crécelles, tout ce qui peut avoir un cri ou une couleur. Il y avait, comme dans toutes les fêtes, une loterie commandée par une grande roue dont la course vous faisait battre le cœur aussi longtemps qu'elle ne se serait pas arrêtée sur un numéro, par bonheur, peut-être, sur celui où vous aviez placé votre anneau et contre lequel on vous remettrait, sous les regards envieux, les kilos de sucre avec lesquels vous repartiriez, tout fier. Il y avait, ça et là, de vieilles femmes qui confectionnaient des galettes, étalant la pâte d'un tour rapide, assuré, de leur raclette de bois. On préparait l'estrade sur laquelle viendraient s'installer les hommes avec leurs violons, leurs accordéons et tous les instruments dans lesquels on pouvait souffler et qui feraient tourbillonner, jusqu'à l'aube, les couples de tous âges.

Dès le matin du dimanche, les enfants du quartier prenaient possession de l'Assemblée, aidant les uns à édifier les pyramides d'œufs, proposant leurs services aux autres pour installer dehors les tables, les chaises, s'affairant autour des galettières, surtout choisissant à l'avance ce qu'ils se feraient offrir l'après-midi entre tant de sucreries et d'amusements, choisissant avant les autres, avant que n'arrive la foule, déferlant, criant, riant, chantant, dansant, mangeant, buvant, buvant, buvant.

Mais qu'était-ce pour Lise, cette année, l'Assemblée, après ce qui s'était passé l'année dernière ? Elle ne pouvait l'oublier, même si rien ne semblait avoir eu de réalité. Cela avait commencé quelques jours avant Pâques ; les bateaux étaient arrivés au port et les marins avaient débarqué. Les fils de Grand'mère, retrouvant leur geste naturel, avaient ouvert la porte d'un grand coup, la maison s'était trouvée brusquement envahie par leurs grosses voix, leurs grands mouvements, leurs sacs, leurs vêtements, leurs odeurs, leurs grands rires et leurs jurons. Ils sortirent de leurs poches une poignée de billets et de pièces et les jetèrent sur la toile cirée. Grand'mère les ramassa posément et les rangea dans l'armoire.

Et la maison ne cessa plus d'être secouée. Ils voulaient de la bonne nourriture, beaucoup de vin, tout ce dont la Marine les privait ; ils dormaient toute la matinée, sortaient, rentraient sans crier gare, ramenant d'autres marins à la maison pour boire et manger avec eux. Après la joie et les embrassades de l'arrivée, Grand'mère, qui ne quittait plus son fourneau, devenait soucieuse.

Un soir ils ramenèrent un grand marin tout roux qui, en arrivant, s'excusa auprès de Grand'mère pour le dérangement. Il prit Lise dans ses bras, l'éleva à la hauteur de sa figure et posa sur sa joue un baiser moustachu. À table, Lise s'assit auprès de lui et commença à lui poser des questions, toutes ces questions qui la brûlaient et auxquelles les oncles n'avaient jamais envie de répondre. Le marin parla sans se faire prier, il décrivit des paradis, des mers si bleues, des femmes si belles, des enfants nus, des fleurs, des oiseaux comme on ne pouvait les imaginer, des fruits qui étaient à la fois nourriture et boisson, le corail blanc au fond de la mer. Quand il parla des poissons volants, Lise et Grand'mère se regardèrent de connivence, elles savaient à quoi s'en tenir sur les histoires du marin, mais il était si gentil et il les racontait si bien !

Le jour de l'Assemblée, vers le soir, le marin revint à la maison avec une poupée pour Lise. C'était un superbe baigneur, celui-là même dont Lise, plus petite, avait tant rêvé. Elle passa ses bras autour du cou du grand homme roux et l'embrassa très fort. Puis les marins décidèrent d'aller ensemble à l'Assemblée et, malgré les vigoureuses protestations de Grand'mère, emmenèrent Lise avec eux.

On fit d'abord le tour des étalages et Lise se retrouva avec des serpentins, des mirlitons, une trompette et cent choses, comme jamais dans sa vie elle n'en avait eues. Les marins s'installèrent à une longue table et placèrent Lise entre eux, un grand nombre d'autres marins, qui avaient débarqué en même temps qu'eux, étaient là aussi. À l'extrémité de la table, il y en avait un, silencieux, qui tenait serré contre lui une jeune fille qu'il prenait par la taille ; il avait un perroquet sur l'épaule et quand il se penchait pour embrasser la jeune fille, l'oiseau suivait son mouvement. À un moment, il se coucha sur elle et ils perdirent l'équilibre, le perroquet s'envola en poussant des cris, le marin rattrapa l'oiseau, le calma et l'offrit à la jeune fille, mais elle le repoussa avec de grands gestes de ses mains tendues ; on voyait bien dans ses yeux qu'elle avait peur maintenant, peur du perroquet, peur du marin.

La nuit commençait d'envelopper doucement toutes choses, on alluma des lampions, mais leur sombre lumière ne permettait guère que de distinguer son voisin. Les petits enfants qui étaient encore là dormaient sur la table, la tête enfouie dans leurs bras repliés, on continuait de vider beaucoup de chopines. Un marin se mit à chanter, puis d'autres, puis tous les autres ; c'étaient des chansons magnifiques qui vous transportaient dans des pays, dans des temps insoupçonnés : les marins chantaient de toutes leurs forces, de tout leur cœur. Lise n'avait plus du tout envie de dormir, sa main se crispait sur son verre de limonade tant elle était tendue vers ces voix qui chantaient des choses si belles et si mystérieuses ; il y en avait de déchirantes comme celle qui racontait le doux sourire d'Hélène « à qui matelot ne sera jamais » et Lise rêvait de voir un jour le pont de Morlaix. Il y avait l'adieu terrible aux camarades qui lui faisait monter les larmes aux yeux, tant la vie des marins était affreuse.

On rentra très tard dans la nuit, Lise endormie dans les bras du grand marin ; il était le seul à pouvoir la porter, les oncles titubaient.

Les oncles furent, à leur tour, invités chez le marin et il fut entendu que Lise l'était aussi. Une nouvelle fois Grand'mère protesta, discuta avec ses fils et, à bout d'arguments, avoua qu'elle n'avait pas de chaussures convenables pour aller chez les gens. Les oncles dirent qu'ils en faisaient leur affaire, le plus jeune prit Lise par la main et la conduisit chez le marchand de chaussures. Elle en ressortit avec des souliers vernis, comme en ont les demoiselles d'honneur des mariages, sur le choix impératif de l'oncle.

Quand ils arrivèrent chez leur ami, la maison était déjà pleine de famille, de camarades, d'enfants agités. Le marin, très affairé, ne prêta aucune attention à Lise. Le repas fut interminable, puis tout le monde se mit à chanter, mais c'était des chansons bêtes, des chansons ordinaires. Brusquement, le silence se fit et le marin, qui ne chantait pas, se mit à siffler. Une musique extraordinaire sortit alors de sa bouche, mélodieuse, modulée ; tous les oiseaux du paradis de ses histoires s'associaient à son chant. Lise voulait que cela dure longtemps ; quand ce fut fini, elle applaudit plus fort que les autres, le marin la découvrit et lui tendit les bras. Elle passa la fin de la soirée sur ses genoux, blottie contre lui, mais le temps n'en finissait pas et elle s'engourdissait. Quand, enfin, on prit le dernier tramway, Lise était très fatiguée et ses chaussures lui serraient les pieds.

Les marins, qui n'avaient plus rien à faire nulle part, commencèrent à se disputer. Après avoir tant maudit la Marine, ils ne rêvaient plus que de la retrouver. Les derniers jours furent pesants. Le matin du départ, l'aîné prit un air gêné, Grand'mère attendait cela, elle ouvrit l'armoire et lui rendit le paquet de billets ; il voulut avoir un geste attentionné et souleva le couvercle de la boîte décorée, mais Grand'mère arrêta sa main : elle n'avait besoin de rien, tout allait très bien. Il y avait aussi, dans l'armoire, les paquets de sucre de la fête, elle en échangerait quelques-uns chez l'épicière, contre du café.

Après le départ des marins, une petite idée qui était dans la tête de Lise se confirma : la chance qu'elle avait d'être une fille. Quand elle pensait à Clarisse et à Fifine et qu'elle les comparait aux oncles, elle se disait qu'elle était née du bon côté. D'ailleurs, les garçons, elle les connaissait bien : ils jouaient à des jeux stupides sur le trottoir de l'Avenue, se battant comme des chiens en poursuivant bêtement les filles ; ensuite ils deviendraient solennels comme les frères de Marthe ou grossiers comme les fils de l'épicière. Plus tard, quand ils seraient des hommes, ils se saouleraient, de plus en plus souvent au fur et à mesure qu'ils deviendraient vieux.

Malgré les supplications de Lise, Grand'mère jeta dans le fourneau les mirlitons, les sifflets et toute la pacotille de l'Assemblée. Il lui restait les souliers vernis qu'elle continuait de mettre tous les dimanches, même si son pied buttait un peu au bout. Il lui restait le beau baigneur pour lequel Grand'mère tricota un petit costume, on lui fit un joli lit dans une boîte à chaussures, mais il resta comme un objet, sur le coin de la cheminée. Lise était trop grande maintenant pour jouer à la poupée, elle n'aimait plus que les jeux de la liberté.

Le jour de Pâques, elle fit quand même un tour à l'Assemblée, mais elle lui parut braillarde, poussiéreuse. Elle acheta un paquet de berlingots dont elle tria tous ceux qui étaient à la menthe, pour les donner à Grand'mère. Quand elle rentra à la maison, elles fêtèrent Pâques ensemble, Grand'mère avait fait bouillir les œufs avec des pelures d'oignon pour leur donner une belle couleur de bronze et acheté une bouteille de limonade qu'elles burent toutes les deux en une seule fois.

Pâques, c'était aussi les vacances, les journées folles avec Germaine, l'amie, la complice. Germaine était très mauvaise élève et Mademoiselle Rosalie avait dû la garder pour lui faire redoubler sa classe, non pas qu'elle n'eût pas volontiers envoyé toutes ses élèves chez Mademoiselle Lucie, mais elle redoutait tant les reproches de sa collègue qu'elle avait pris l'habitude de garder le fond de sa classe, d'une année sur l'autre. Germaine avait pris la chose tranquillement, la réputation de Mademoiselle Lucie était si sévère qu'elle trouvait plutôt agréable de gagner une année de facilité.

Germaine habitait, dans le quartier proche de la rivière, l'une de ces quelques petites maisons basses dont l'alignement était posé un peu en retrait de la rue en contrebas, dans un puzzle de jardinets. Un plan incliné conduisait à une vaste cour sur laquelle donnait la porte de la Mère Sultan qui, pour les enfants, portait le nom de son chien. C'était une forte femme, un peu âgée, marchande des quatre-saisons ; elle partait à l'aube, poussant devant elle sa longue voiture plate au-dessous de laquelle Sultan était attelé, elle allait à la halle, choisissait d'un œil infaillible sa marchandise qu'elle installait dans un bel assemblage de formes et de couleurs et, toujours aidée de Sultan, déambulait par les rues de la ville, appréhendant le chaland d'un cri qui n'était qu'à elle. Quand elle avait vendu son dernier bouquet de radis, elle rentrait chez elle, se taillait une large tranche de pain, la recouvrait d'une épaisse couche de beurre, buvait sa chopine et allait faire son somme.

La Mère Sultan régnait sur la cour qu'elle avait peu à peu transformée en parterre pour ses pots de fuchsias, de bégonias et de géraniums, et elle y interdisait les jeux ; néanmoins, les petites y avaient trouvé un endroit à l'abri de ses regards, dans un recoin, c'était le palmier. La plupart des jardins de la ville et des environs s'ornaient d'un palmier qu'en des temps anciens les marins avaient pris l'habitude de rapporter de leurs voyages ; quand les palmiers s'étaient mis à se multiplier sans eux, ils revinrent avec un perroquet sur l'épaule, témoignage de l'exotisme de leurs aventures et l'on pouvait dire, presque à coup sûr, que partout où il y avait un palmier ou un perroquet, souvent les deux, il y avait eu, il y avait encore, un marin dans la famille.

Le palmier de Germaine, sans doute déjà vieux et bien protégé des vents d'automne, avait poussé très droit, très haut. Il se trouvait toujours un locataire pour le débarrasser grossièrement de ses palmes fanées et c'était une rude épreuve qui vous arrachait l'intérieur des cuisses que d'arriver en haut, mais quand on était là, dans son toupet, qu'on s'était fait un petit siège à l'endroit où les feuilles s'attachent solidement au tronc, on se sentait rudement bien. On avait sous les yeux l'extrême fin du parc qui entourait le château d'Anne et que l'on devinait immense : l'infatigable imagination de Germaine inventait pour les châtelains une vie de faste et de facilités souveraines ; Lise l'abandonnait à son délire : elle rêvait à autre chose, elle se voyait dans ces allées mystérieusement entretenues où jamais personne ne passait, elle marchait aux côtés d'Anne, elles se prenaient par la main, plus rien n'existait, ni l'école ni le catéchisme ni le château, seules la malice d'Anne, la curiosité de Lise les unissaient, l'amitié tissait ses liens, chacune d'elles donnait son cœur à l'autre.

Du haut du palmier on voyait aussi la ceinture de jardins autour des maisons groupées, ils en faisaient le tour et allaient en se rétrécissant jusque devant la maison de Germaine. Depuis bien longtemps, les parents avaient fait de la partie la plus étroite un terre-plein de terre battue, placé deux bancs sous le lilas pour les soirs d'été. C'était la terrasse, l'aire, le théâtre privilégié des jeux.

On y faisait l'école à une multitude de petits personnages découpés dans des catalogues, on jouait à la marchande, à la dînette, on jouait surtout à la « maison ». Là, l'imagination des enfants se complétait harmonieusement, Lise inventait les personnages, leur donnait une consistance, une nature, un rôle ; Germaine créait le décor, multipliait les pièces, les meublait, jouait avec les volumes et les couleurs. Quand elles se couchaient côte à côte sur la terre, dans les lits qu'elles s'étaient dessinés, tout un monde habitait, se croisait, vivait autour d'elles.

Tous les jeudis, vers quatre heures, Lise et Germaine, par-dessus le petit mur qui bordait la terrasse, observaient la rue au-dessous d'elles. Elles guettaient l'arrivée de Jeanne qui viendrait prendre sa leçon de piano chez le professeur qui habitait en face. Jeanne était fille d'officier, son père avait une ordonnance et elle provoquait toujours le même étonnement amusé quand elle racontait qu'un soldat cirait ses souliers et faisait les commissions de sa mère. À l'heure exacte, Jeanne arrivait, suivie de son militaire et, avant de sonner, faisait un signe amical aux petites. Une heure plus tard, Jeanne ressortait et, très souvent, le soldat était en retard ; on faisait alors la causette en criant un peu, à cause de la différence de niveaux.

Jeanne interrogeait les amies sur leurs jeux, elles avaient très grande envie de l'inviter, mais, sans s'être concertées, elles n'osèrent jamais le faire. Qu'aurait-elle compris, Jeanne, en effet, avec ses gants de peau et son carton à musique, aux jeux de la terrasse ?

Les enfants en furent un jour chassées par une pluie d'orage ; quand l'averse eut cessé, la terrasse était inondée, impraticable. Désœuvrées, elles firent un tour dans le jardin où tout renaissait, lavé, nettoyé, sous les rayons retrouvés du soleil, où les escargots s'étiraient tant qu'ils pouvaient. Soudain, Germaine eut, comme toujours, l'idée : on ramasserait les escargots pour aller les vendre. La première cliente fut la repasseuse, celle dont la boutique d'un bleu délavé se cachait des regards derrière ses rideaux de dentelle, la dame était ravie de régaler sa famille et paya un bon prix ; une des ouvrières se déclara preneuse pour une prochaine fois, on tenait un bon filon.

Qu'allait-on faire, maintenant, de cet argent tombé du ciel ? Après avoir acheté les dragées de Lise, le chocolat de Germaine, on décida de consacrer une pièce au *Bulletin de la Sainte-Enfance* que proposaient régulièrement les maîtresses et que, seules, les filles riches achetaient ; la lecture en fut si décevante qu'elles furent punies de leur vanité. Germaine garda l'argent dans une vieille boîte d'allumettes et, quand elles en eurent assez, elles réalisèrent un très ancien projet : acheter des choses pour la « maison ». Le choix, chez Madame Étourneau, fut long et difficile. Finalement, elles se décidèrent pour une petite poupée aux jambes raides, à cause de ses cheveux crêpés et de sa jupe en papier gaufré, une toute petite table et deux chaises peintes en bleu ciel, joliment décorées d'une rose et de ses feuilles sur le dossier des chaises et sur le dessus de la table.

Curieusement, les jouets qui les avaient tant séduites, installés dans la « maison », les déconcertèrent. Il n'y avait aucune place pour la petite poupée droite dans la foule animée et vivante que Lise inventait, et que venaient faire, dans les décors fabuleux sortis de l'imagination de Germaine, les meubles minuscules et ordinaires ? Les objets, étrangers à leur rêve, se heurtaient à lui, le réduisaient. On fit de la poupée qui ne pouvait s'asseoir une maîtresse méchante pour l'école et on oublia les petits meubles dans un coin. Avec l'argent, on achèterait désormais des bonbons, des serpentins, des confettis et, pour Germaine, des couleurs et de grands papiers pour ses dessins. Car Germaine dessinait comme elle parlait, cela commençait toujours par de petites maisons nettes et précises au-dessus desquelles s'élevaient à l'infini des traits, des courbes, des formes inattendues et mêlées, violemment coloriées, un dessin fou que sa main inspirée traçait jusqu'à l'exubérance, jusqu'au délire.

Le père de Germaine était maçon, ou plutôt avait été maçon, car il était si souvent tombé de l'échafaudage qu'il en était maintenant tout disloqué et boiteux. On aurait pu croire que tout son corps s'était, un jour, cassé en morceaux que l'on avait hâtivement, maladroitement, recollés. Comme il ne pouvait plus travailler, on lui servait une petite pension qui fondait, jour après jour, dans ce coin de la buvette où il passait son temps. Sa femme le bousculait, ses filles aînées l'ignoraient, sa seule amie était Germaine qui se jetait dans ses bras quand il rentrait le soir ; le vieil homme se redressait tant qu'il pouvait pour mieux serrer sa fille contre lui et, avec un bon sourire, frappait de la main sur la poche de sa grosse veste de velours. Germaine y plongeait le bras tout entier et, parmi les débris de tabac en ramenait toujours le rouleau de réglisse, les boules de gomme, voire la grosse pièce de bronze qui lui étaient destinés.

Depuis que son mari ne travaillait plus, la mère de Germaine lavait pour le monde. Elle partait régulièrement pour la rivière, sa brouette disparaissant sous les paquets de linge ; pendant les vacances, les enfants l'accompagnaient souvent, portant le battoir, le petit filet contenant le savon, le bleu et l'eau de javel, le panier du déjeuner, poussant même à tour de rôle la brouette chargée, dont l'équilibre était si difficile à contrôler.

On arrivait ainsi au lavoir, péniche solidement amarrée, reliée à la rive par un ponton.

Toutes les femmes des alentours s'y donnaient rendez-vous, elles arrivaient seules ou par deux, entraînées par leurs brouettes, jacassant et riant à la fois, comme s'il s'agissait de se préparer à une fête et non à un travail terrible. Pourtant, dès qu'on avait franchi le petit pont de bois, on sentait la chaleur s'élever dans le lavoir ; on avait déjà allumé les feux sur lesquels prendraient place, tout à l'heure, les lessiveuses chargées du linge que, pour le moment, les femmes décrassaient. Dès que le banc commencerait de bouillir, elles feraient leurs couleurs, les bleus des hommes, les chemises des jeunes et la matinée se passerait ainsi avec, dans le dos, le feu des lessiveuses et sur la tête les rayons du soleil montant, frappant le toit de zinc du lavoir. Les femmes ne parlaient plus, à peine se souriaient-elles encore en se croisant ; d'un geste de leurs avant-bras elles remontaient leurs cheveux collés, essuyaient la sueur qui les aveuglait, tandis que le savon séchait sur leurs mains plissées, décolorées.

À l'heure du déjeuner, elles s'asseyaient dans l'herbe, sortaient leurs casse-croûtes, s'abreuvaient abondamment d'eau rougie et cherchaient un coin d'ombre pour un instant de sommeil. L'après-midi était plus facile, les feux s'étaient éteints, les rinçages étaient distraction ; de voir leur linge si blanc s'ouvrir comme une fleur dans l'eau bleue les rendait contentes, mais la fatigue du matin pesait sur leurs épaules.

Certaines femmes venaient avec les plus petits de leurs enfants et, dès que Lise et Germaine arrivaient au lavoir, elles ne pensaient qu'à s'en éloigner, de crainte d'être trop souvent chargées de les moucher ou de baisser leurs culottes. Elles avaient leur coin à elles de la rivière, celui des barques attachées aux piquets de bois, sous les arbres, non loin du pont. Elles s'installaient dans un des bateaux qu'elles avaient détaché, mais, faute de rames, elles n'allaient pas bien loin ; cela suffisait, néanmoins, à leurs voyages que Lise nourrissait maintenant des récits du marin. Elles cueillaient des nénuphars, à la saison ramassaient les macres qu'elles faisaient cuire ensuite, sur un petit feu, dans une boîte de conserve. De la barque, elles attrapaient les branches penchées d'un arbre, se hissaient de place en place jusqu'au tronc et regagnaient la rive. Elles se couchaient dans l'herbe, s'enlaçaient l'une à l'autre, les bras et les jambes mêlées et se laissaient rouler, ensemble, jusqu'à toucher l'eau.

De temps en temps, elles vérifiaient dans le ciel la place du soleil, car la mère de Germaine avait la claque facile et on ne devait pas être en retard pour l'aider à étendre son linge. C'était alors le dernier plaisir de la journée, il fallait suspendre au fil tout ce linge qui vous aspergeait, on sautait parfois pour atteindre l'épingle de bois, on se mettait à deux pour tirer sur les draps blancs et on éclatait de rire lorsqu'ils vous envoyaient une grande gifle mouillée, inattendue.

Il ne fut plus question, dès la rentrée, que de la première communion qui aurait lieu quelques semaines plus tard. Les enfants se mirent à parler de leur robe et Mademoiselle Lucie s'attacha à les pénétrer de l'importance de la confession, dernier acte avant le couronnement. C'était oublier qu'on leur avait donné depuis quelques mois déjà l'habitude de se confesser, mais il semblait que la solennité de l'événement le rendit virginal, que tout devenait première fois.

Lise aurait voulu s'acquitter de l'ennuyeuse corvée auprès d'un jeune vicaire dont la brusquerie, timide et gauche, lui plaisait, mais on lui fit comprendre, sévèrement, que la déférence voulait qu'elle choisisse Monsieur le curé « qui était bon pour elle ». Lise était entourée, cernée par la bonté ; ayant eu le malheur de perdre ses bons parents, la bonté lui fut distribuée par tous ceux qui s'étaient ingéniés, relayés, concertés pour remplir ce rôle.

Le curé, les prêtres, les maîtresses, les religieuses, les dames de l'ouvroir, du Sacré-Cœur, les dames donatrices, son ange gardien, tout le monde était bon, bon pour elle. Mais qu'était-ce que la bonté ? Dans les histoires de *La Semaine de Suzette* que Marthe lui prêtait chaque semaine, il y avait toujours des exemples glorifiant la bonté : un petit garçon pauvre volait des gants pour les mains glacées de sa grand'mère, au moment où les choses allaient mal tourner, une bonne dame intervenait, faisait la morale au petit garçon et payait les gants. Ainsi partout, dans les histoires et dans la vie, on rencontrait toujours l'affreuse, l'inhumaine bonté.

Le jeudi se passait maintenant, pour tout le monde, à courir les magasins. De préoccupée qu'elle était, Lise devint anxieuse, personne ne parlait de sa robe à elle, elle n'osait pas poser de questions, même pas à Tante Clarisse à cause des ricanements de l'oncle, mais bientôt elle ne pensa plus qu'à cela, sa gorge se serra sur un nouveau souci. Un beau matin, la lettre de Tante Fifine arriva ; si Lise avait un ange gardien, c'était bien elle, qui avait écrit à une amie de toujours pour la charger de l'achat de la robe. En même temps, un mot de Marguerite donnait rendez-vous à Lise pour le jeudi suivant.

Ce fut une journée délicieuse. Marguerite était une longue fille rousse, maigre et distinguée, qui s'habillait très élégamment. Elle écarta le grand magasin qui offrait des robes trop banales et emmena Lise dans une jolie boutique où l'on ne vendait que des choses délicates. Avant même d'entrer, Lise eut un coup au cœur, là, dans la vitrine, un petit mannequin figé portait la plus belle robe de communiante qu'elle eût jamais vue. La vendeuse proposa plusieurs modèles, mais les robes sur elle étaient, comme toujours, trop grandes, trop importantes ; bien que la vendeuse eût épinglé quelques rectifications, elle se trouvait engoncée. Elle parla dans le creux de l'oreille de Marguerite de la robe de l'étalage ; la vendeuse se récria, la robe était un modèle unique créé pour un mannequin un peu plus petit que la taille normale. Marguerite insista et Lise, folle de joie, se retrouva avec une robe qui lui allait à merveille. Pour la première fois de sa vie elle bénissait sa petitesse. La gentille Marguerite offrit, pour son compte, la ceinture et l'aumônière et emmena Lise au salon de thé. Bien que tout ce raffinement l'enchantât, elle avait hâte de montrer la robe à Grand'mère ; elle l'enfila devant elle, tourbillonna comme une toupie, la robe formait autour d'elle un cercle de blancheur aérienne. Grand'mère, en riant, l'arrêta de la main, elle voulait voir de plus près, toucher le tissu, elles s'extasièrent ensemble. Mon Dieu, comme c'était agréable d'être heureuses !

Monsieur le curé donna le voile, l'Ouvroir fournit le jupon ; Lise, en rentrant le soir, ne pouvait s'empêcher de tapoter toute cette lingerie, mais, bientôt, une nouvelle question se posa, celle des chaussures. Ce furent les religieuses de Saint-Vincent-de-Paul qui y pensèrent ; Lise s'attendait à d'uniformes souliers blancs, à sa grande surprise, la Mère supérieure mandata une toute jeune religieuse pour l'accompagner dans un vrai magasin. La marchande offrit un modèle classique, mais Lise, une nouvelle fois, avait repéré autre chose ; elle désigna de charmantes sandales, ouvertes et découpées, avec un coquet laçage sur le dessus, dont elle avait grande envie. La dame, étonnée, fit observer que ce n'était pas du tout un modèle qui convenait pour une communion. « Oui, oui, disait la petite bonne sœur. Comme elles sont mignonnes… » et toute à la joie du plaisir de Lise, elle paya sans hésiter. En sortant de la boutique, elles eurent toutes deux conscience d'avoir commis une grosse bêtise et baissèrent le nez. Finalement, elles se regardèrent en réprimant une grande envie de rire et le baiser que la petite religieuse posa sur la joue de la petite fille lui fut rendu de grand cœur.

Le problème n'était pas résolu pour autant, mais les fées étaient avec Lise et Tante Clarisse arriva à la maison avec de vrais beaux souliers de communiante qu'elle s'était « arrangée » pour acheter ; elle fit même à Lise la surprise de lui faire imprimer à son nom une douzaine d'images pieuses, souvenirs du grand jour.

La communion était précédée de trois jours de retraite que par habitude, sans doute, le curé laissait à son premier vicaire le soin de prêcher. Lise connaissait bien l'abbé Jallais, qui était un ami de Grand'mère ; il ne venait jamais dans le quartier voir un malade ou un vieillard sans lui faire une petite visite. Grand'mère ne parlait avec personne comme avec l'abbé, longuement, parfois avec animation ; quand elle le raccompagnait jusqu'à la porte du jardin, ils marchaient lentement tous les deux tout en causant, l'abbé s'arrêtait, se retournait vers elle, prenait dans ses deux mains la main ridée de Grand'mère et son geste, le regard qui s'y accordait, témoignaient de son amitié. On disait un peu partout que l'abbé avait eu un enfant avec une femme des environs, que le petit garçon vers lequel la vieille Madame Jallais se penchait avec tendresse pendant leurs promenades était son fils. Grand'mère voulait que cela fût vrai, ce signe d'humanité expliquait, pour elle, que l'abbé soit si différent des autres et puis, sans le dire, elle souhaitait que cela fût vrai pour lui, pour l'abbé.

Dès le premier sermon, l'abbé Jallais balaya les mièvreries du curé et les rigueurs de la maîtresse. Dieu, selon lui, était un père indulgent et tendre qui demandait simplement que l'on soit, de son mieux, ce que l'on pouvait être ; les saints de l'église n'étaient que de précieux intercesseurs, d'aucune façon exemplaires. L'abbé connaissait bien Mademoiselle Lucie et s'attacha à réconcilier les enfants avec elles-mêmes, à les débarrasser d'une encombrante contrition, il leur enseigna une nouvelle vertu : la tolérance envers les autres. Lise se sentit chez elle dans ce pays éclairé, sa foi naturelle en devint fervente. Elle se confessa sans gêne, consciente de s'adresser à Dieu lui-même, tandis que le curé, avec attention, examinait ses mains soignées.

Elle rentra, légère, à la maison. Près de la porte ouverte, Grand'mère écossait des petits pois, beaucoup de petits pois, Lise se souvint alors qu'il y aurait demain un grand déjeuner en son honneur. Il y aurait Tante Clarisse et Tante Marie avec ses deux jeunes enfants et Marguerite que Grand'mère avait invitée, cela faisait beaucoup de monde ; pour la première fois depuis des années, Grand'mère avait tué ses poulets et les bêtes sacrifiées gisaient là, toutes préparées, sur la table de la cuisine. Lise s'assit à ses pieds et se mit à écosser les petits pois en les faisant glisser dans le saladier de faïence, sa main lisse rencontrant parfois les doigts maigres de Grand'mère.

Cependant, quelque chose qu'elle ne connaissait pas l'enveloppait toute entière, arrêtait les battements de son cœur, faisait trembler ses mains tandis qu'elle regardait sans les voir tous ces petits pois qui formaient comme une montagne dans le saladier. Ses yeux s'arrêtèrent sur le visage penché de Grand'mère, sa tendresse pour elle l'envahit, la submergea, puis l'émotion l'emporta par sa violence, elle s'abattit en larmes dans le creux profond du tablier ; Grand'mère caressait sa tête, sa voix douce répondait à son amour, Lise cessa lentement de sangloter, mais, sans relever la tête, elle enferma de ses deux bras les genoux de Grand'mère et les serra très fort, longtemps.

Le jour de la Fête-Dieu était la fête des communiants, la fête de tous les enfants. La procession se déroulait sur le cours, la plus vaste esplanade de la ville, on y venait de toutes les paroisses, la circulation s'arrêtait, tout le monde y participait. Une foule de petites filles blanches et roses, la tête ceinte d'une couronne de fleurs, lançant en l'air les pétales de roses qu'elles puisaient à deux mains dans les corbeilles attachées à leur cou, ouvraient la procession. Puis venait la longue, l'interminable suite des communiants et des communiantes s'avançant en rangs serrés, chantant à pleine voix. Les parents, en habits du dimanche, se pressaient de chaque côté pour les voir. C'était le jour de gloire de leurs enfants. Ils étaient là, présentés aux regards, admirés par tous ; les pères se redressaient, les mères et les vieilles gens ne cherchaient pas à retenir leur émotion, la fierté des parents communiquait une sorte de force aux enfants, conscients de leur importance. La procession montait lentement et semblait ne jamais devoir finir.

Les enfants, réunis dans les préaux d'école, arrivaient en rangs groupés de tous les points de la ville, comme de petits cours d'eau se hâtant vers le fleuve où ils se jetteraient. Le hasard du classement par tailles plaça côte à côte Lise et Anne ; Lise se revit dans le palmier, rêvant devant le coin abandonné du parc et elle eut envie de dire à Anne qu'elle voulait être son amie ; Anne continuait un bavardage commencé ailleurs, d'un débit rapide, agité, où Lise n'avait aucune part. Soudain, une bribe de phrase frappa son oreille : « Ma mère m'embête », disait la petite châtelaine. Tout ce que Lise croyait, tout ce qu'on lui avait toujours laissé entendre sur les sentiments et l'éducation des enfants riches, tombait d'un coup. Anne, la petite châtelaine au nom de chevalerie, dont le missel portait, gravée au-dessus de ses initiales, une petite couronne, disait : ma mère m'embête ! Étrangement, cette familiarité l'éloignait d'elle. Quand Anne lui tendit une image sur parchemin, imprimée de tous ses noms, Lise remercia avec un sourire gêné.

Quand la procession se disloqua, Anne proposa gentiment à Lise de la raccompagner. Elle crut rêver en montant dans la longue auto noire, le chauffeur ganté lui tenait la porte, Monique, toujours bougonne, était déjà installée dans son coin. Anne jacassait sans se soucier d'elle ; elle parlait de gens et de faits dont Lise n'avait pas la moindre idée ; sa malice était moqueuse, tournée vers la dérision.

Bernadette n'était pas venue à la procession. Elle était dans son château où, telle une souveraine, elle recevait tous ceux qui habitaient sur ses terres et pour lesquels à cette occasion son père donnait une grande fête. Lise le voyait bien maintenant avec certitude, ni Bernadette ni Anne ni les autres ne se promèneraient jamais en la tenant par la main. Elle se fit arrêter loin de chez elle, elle se sentait mal, droite et muette, dans cette voiture dont tout la rejetait, elle ne se retrouva à l'aise qu'en marchant, seule, libre, le long de l'Avenue. Quand elle voulut montrer à Grand'mère la riche image pieuse, elle découvrit, avec indifférence, qu'elle l'avait perdue.

Il n'y avait pas de première communion sans visites, visites solennelles, familiales ou amicales, à tout propos les enfants remettaient leurs robes blanches ou leurs brassards à franges et allaient se montrer avec cérémonie. La lassitude vous gagnait vite, mais la pièce que l'on vous mettait dans la main avant de partir faisait passer sur bien des choses. Lise, comme les autres, remit plusieurs fois la belle robe rafraîchie par le coup de fer de Grand'mère, elle-même ressortait son corsage de soie noire aux tout petits boutons et on sacrifiait à la coutume en prenant soin de n'oublier personne.

La première visite fut pour les demoiselles Gonthier et, pour la première fois, on franchit la porte de la maison si souvent vue du dehors. Lise trouva la pièce bien plus grande qu'elle ne le croyait, la vive lumière qui venait de la fenêtre enfonçait certains angles dans une ombre mystérieuse ; tous les meubles, jusqu'à la moindre console, étaient recouverts d'objets qui, tous, avaient leur histoire, les murs étaient tapissés de photos, de cartes postales évoquant des voyages que d'autres avaient faits, mais qu'elles pouvaient raconter dans le détail. Tout ce que leurs parents, leurs aïeux mêmes, avaient apporté dans cette maison y avait trouvé sa place et l'avait gardée, tout ce qui jalonnait leur vie à elles s'y ajoutait, année après année, couche après couche, comme les catalogues, les journaux de mode qui depuis toujours, saison après saison, montaient le long du mur.

Au lieu de la pièce rituelle, Raymonde offrit un plein panier de cerises de son jardin et Grand'mère fut sensible à cette délicatesse rare.

L'une des dernières visites fut pour une vieille amie de Grand'mère, la Mère Robert qui, autrefois, avait été sa voisine. C'était l'époque où les temps étaient si durs, mais où le courage ne manquait pas ; la Mère Robert avait trois enfants, son mari avait une bonne place à l'usine, mais il buvait plus souvent qu'à son tour et il avait le vin méchant. La pauvre femme cachait toujours sa figure pour que l'on ne vit pas la trace des coups qui tombaient drus. Grand'père était la sobriété même, son paquet de tabac lui faisait la semaine et il rapportait à la maison jusqu'au dernier sou de sa paye ; mais le maçon chômait souvent, les intempéries, le manque de travail, l'accident, tout devenait chômage et la maison ne cessait de se remplir d'enfants. Leurs malheurs ne se ressemblaient guère, mais ils se valaient bien, toutes deux cependant gardaient confiance en des jours meilleurs, l'espoir qu'un jour la vie les paierait de leurs peines.

La guerre était arrivée et le fils aîné des Robert avait été tué au moment où il annonçait sa première permission ; le Père Robert n'avait plus dessaoulé et était mort six mois plus tard. Alors, la Mère Robert avait déménagé et était venue vivre, en dehors de la ville, près de sa fille qui avait épousé un maraîcher. On avait marié le plus jeune fils à la fiancée que l'aîné avait eue avant de partir à la guerre et tout le monde voulait que le blondinet qui leur était né soit le portrait de celui qui était mort.

La Mère Robert les accueillit avec effusion, sa petite maison était fraîche et aimable, pleine de choses d'autrefois, charmantes. Sur la commode, il y avait une photo du soldat dans un beau cadre ciselé, on en parlait avec une tristesse résignée, mais, tout de suite, on se mettait à raconter des histoires plutôt plaisantes à son propos, Grand'mère elle-même se souvenait de petits faits, du temps où il était enfant, que la Mère Robert avait oubliés. On en parlait comme de quelqu'un parti au loin, quelqu'un qui ne serait pas mort et c'était vrai, d'une certaine façon, qu'il était encore vivant, puisque sa mère vivait grâce à lui, de la pension qui venait de lui.

On passa chez la Mère Robert un long moment très agréable, dans son jardin si bien entretenu ; elle parlait de tout avec entrain et bonne humeur et les histoires du passé, que Lise aimait entendre, ne tarissaient pas entre Grand'mère et elle. Puis on entra dans la maison pour se rafraîchir et, tout en buvant sa grenadine, Lise les observait. Quelque chose soudain la frappa : comme ces deux femmes si proches étaient dissemblables, elles devaient avoir à peu près le même âge, mais quelle différence ! La Mère Robert était forte, active, en plein dans sa vie dont personne ne pouvait imaginer le bout. Grand'mère était si pâle, fragile, quelque chose en elle avait l'air de se détacher, de s'apprêter, déjà, à abandonner la vie. Lise, affolée, repoussait l'atroce idée de toutes ses forces. Quand, au moment de partir, Grand'mère enferma ses épaules dans son bras, elle fut rassurée.

Dans le tramway qui les ramenait, Lise assise en face de Grand'mère la regardait tendrement ; mais Grand'mère, rêveuse, était loin, elle était dans son passé avec la Mère Robert et s'y attardait. De ce passé-là, Lise, malheureuse, se savait exclue, elle n'existait pas. Comment faire pour entrer dans le passé de Grand'mère, lui communiquer sa vie et allonger le ruban des jours ?

Quelque chose qui ressemblait à un conte de fées avait commencé avec une lettre de Tante Fifine. Elle écrivait qu'elle avait loué une petite maison au bord de la mer pour y emmener Grand'mère et Lise en vacances. En vacances, au bord de la mer, c'était à n'y pas croire ! et pourtant, Tante le disait. Quand on regardait dans le livre de géographie, le gros point de la ville, on voyait bien que la mer n'était pas loin ; malgré cela, bien que ses fils soient marins, que tant de choses ici soient tournées vers la mer, Grand'mère ne l'avait jamais vue. L'idée d'aller la voir, la toucher, lui fit plaisir.

Tante disait qu'elle emmènerait aussi les enfants de sa sœur Marie, qui avaient grand besoin de changer d'air. Marie était l'aînée des filles, elle avait aidé Grand'mère à élever la famille et l'essentiel de sa jeunesse s'était passé avec un poupon dans les bras. Elle avait fini par se marier tard, avec un brave homme d'ouvrier fondeur qui n'était pas jeune non plus et ils étaient venus habiter tous les deux dans la chambre de bonne qu'occupait le mari. Un peu plus tard, une chambre s'étant trouvée vacante à l'autre bout du couloir, ils avaient pu agrandir leur logement. Après la naissance des enfants, tout le monde leur avait conseillé de déménager, on leur avait même proposé un petit appartement modeste et aéré, mais Tante Marie tenait à son adresse, à sa rue, la rue la plus célèbre de la ville ; une grande banque occupait le rez-de-chaussée de l'immeuble et quand elle franchissait le seuil de la maison, qu'elle croisait dans l'escalier le médecin ou l'avocat qui la saluaient courtoisement, elle quittait son monde, son milieu à elle, pour entrer dans celui des privilégiés.

Lise allait quelquefois avec Tante Clarisse, le dimanche, chez les petits cousins ; ils étaient beaucoup plus jeunes qu'elle, mais ils étaient si mignons que Lise les aimait beaucoup et on s'amusait bien ensemble, surtout avec le grand cheval en carton bouilli qui vous emmenait sur ses bruyantes roulettes, tout le long du couloir, vers des voyages pleins d'aventures. Cependant, Tante Fifine avait raison, le petit garçon frêle et un peu voûté, la petite fille qui commençait à marcher étaient bien pâlots.

Les vacances, le bonheur débutèrent avec le voyage en train. Grand'mère prit le bébé sur ses genoux, le petit garçon était dans un grand état d'agitation, Lise se collait à Tante Fifine, à sa jeunesse, à son charme, à son odeur, à sa peau douce si bonne à embrasser. Après quelques arrêts, le train arriva dans une station balnéaire célèbre, il fallut en descendre, le train ne conduisait pas au village ignoré où l'on se rendait, il n'allait plus que vers des lieux connus. On prit un autre train pour une vieille petite ville modeste, on eut juste le temps d'apercevoir en passant la petite cité toute enclose dans ses vieux remparts, avec sa grosse porte médiévale qui l'enfermait sur elle-même, sur son silence, sur ses souvenirs.

Lise n'avait jamais vu un train comme celui que l'on prit alors, tout petit, haut perché sur ses grandes roues grêles, roulant sur une voie étroite. Les gens y montaient, en descendaient, même en dehors des gares, ils semblaient tous se connaître et s'interpellaient d'un bout à l'autre du wagon avec un tel accent qu'on ne comprenait rien à ce qu'ils disaient ; de temps en temps, ils vous regardaient du coin de l'œil avec un sourire amusé, comme si vous vous étiez trompé de train et que vous alliez bientôt vous apercevoir de votre méprise. On parcourut ainsi un long plateau battu par la tempête et grillé par le soleil sans que jamais l'un puisse triompher de l'autre, de petites maisons aux longs toits d'ardoises se groupaient, cachées dans des replis de terrain, on devinait la mer aux reflets aveuglants de l'horizon puis, quand le petit train s'engagea dans un chemin si étroit que les aubépines, en passant, entraient par les fenêtres, ce fut la fin, le terminus, il n'allait pas plus loin. Un très vieux fiacre attendait à la gare, comme Tante Fifine l'avait demandé ; le cocher prit à côté de lui la grande malle d'osier, on s'entassa sur l'unique banquette et la dernière partie du voyage se fit au pas de promenade. On traversa un petit village que l'on salua avec amitié, car c'était celui où il faudrait venir chaque jour s'approvisionner, on offrait son cœur à la petite campagne, aux bouquets d'arbres, aux rares maisons, à tout ce qui allait maintenant participer, être témoin de votre bonheur. Au terme de cette première journée, on avait la tête pleine jusqu'à l'étourdissement.

Et Lise connut la mer, la plage arrondie au creux de la falaise d'ocre, les rochers éclatés sous on ne savait quel tremblement et retombés au hasard, dans tous les sens, toutes les formes, toutes les tailles, le sable si fin qui coule dans les doigts, le sable mouillé où l'on écrit son nom, la mer endormie au loin qui se découvre dans son sommeil et vous laisse son odeur et le rêve de ses trésors, la mer bleue et sage dont la frange bruissante avance pas à pas, la mer énorme et méchante qui a dévoré celle de la veille et menace la falaise de son écume rageuse. Elle vit tant de couleurs pour chaque chose, selon l'heure, le temps, le jour, elle vit le ciel toujours accordé à la mer, tous deux fascinants, inépuisables.

La maison que Tante avait louée, à l'entrée du hameau, était petite, mais on s'y trouvait à l'aise ; elle donnait sur un chemin qu'il suffisait de traverser pour être sur la falaise et dominer la mer, elle ouvrait par derrière sur des buissons d'hortensias bleus ; la propriétaire, une vieille femme du hameau, l'occupait tout le reste de l'année et, pour pouvoir la louer l'été, rassemblait son petit ménage dans deux pièces sombres et fraîches, au sol de terre battue, et s'y installait pour la saison avec ses deux petites filles. La plus jeune, Madeleine, avait l'âge de Lise ; elles eurent, en se voyant, un sourire complice, les petites filles à Grand'mère se reconnaissent toujours entre elles.

Mais, pour Madeleine et sa sœur, la vieille Mélanie, sa maison, son hameau, ce n'était pas seulement les vacances ; comme pour Lise, la grand-mère leur tenait lieu de parents, elle était tout ce qu'elles avaient au monde. Ainsi Lise découvrit avec effroi qu'il existait encore une autre race d'orphelins : les enfants que laissent derrière eux les marins péris en mer.

La vieille Mélanie figurait, de façon émouvante, l'existence tragique que popularisaient les chansons. Elle avait perdu dans le même naufrage son mari, son fils et son gendre. Pour soigner sa fille malade et élever ses deux petites filles, elle s'était tournée, avec un instinct qui ne la trompait pas, vers la mer. Elle apprit très vite à reconnaître le trou du congre, le refuge du homard, les mœurs et les habitudes de toute cette faune qu'elle voulait surprendre ; elle mesurait la hauteur des nuages, le sens du vent, sa tiédeur et sa force pour savoir si le haveneau ou le croc serait, ce jour-là, le meilleur outil, elle sentait, sans même la regarder, à quelle heure précise la mer étale reprendrait le flux, l'heure à laquelle les palourdes élargiraient imperceptiblement leurs deux petits trous dans le sable et se laisseraient mieux deviner. Sa patience et son habileté devinrent de l'art, elle fut la pêcheuse la plus réputée de la région. Chaque grande marée était une providence dont la générosité remplissait tant les paniers de Mélanie que sa clientèle habituelle ne pouvait en venir à bout, elle devait aller jusqu'à la petite ville fortifiée offrir sa grouillante marchandise. Elle faisait à pied les douze kilomètres du parcours et, quand ses paniers étaient vides, revenait de la même façon, rentrait juste à temps pour la marée basse du soir, reprenait ses crocs et ses cuillers et retournait à la pêche.

Tout comme Lise, les petites filles perdirent leur mère presque sans s'en apercevoir. La grand'mère les plaça dans un bon pensionnat et redoubla d'ingéniosité pour préparer leur avenir, elle se fit la déléguée de toutes les veuves, de toutes les mères de marins morts en mer, se rendait à pied jusqu'au grand port où on lui remettait la pension pour chaque femme, pour chaque enfant, enfouissait son magot sous sa jupe et, toujours à pied, allait de village en village, à travers toute la presqu'île, distribuant à chacun son dû, mangeant ici, dormant là, mettant soigneusement de côté la pièce qu'on ne manquait jamais de lui donner pour sa peine.

On ne se lassait pas d'écouter la vieille Mélanie. Elle parlait avec une simplicité modeste, comme s'il s'agissait de quelque chose de très ordinaire ; elle disait : « Dans ce temps-là... », comme si c'était aussi la vie des autres. Les gens du village, néanmoins, ne s'y trompaient pas, ils l'entouraient de respect et d'estime, se félicitaient qu'elle soit arrivée à ce qu'elle voulait, acheter un champ, puis un autre, et une vigne, la meilleure des alentours puisque c'était à elle que revenait l'honneur de fournir le vin de messe. Son dernier rêve, qu'elle réaliserait aussi, c'était de faire de ses petites filles des maîtresses d'école.

Assise en face d'elle, Grand'mère, attentive, l'écoutait, mais n'intervenait pas ; comment mêler ses souvenirs à un passé si différent du sien ? Pour Mélanie, la vaillance et le courage avaient suffi, sa vie terrible était droite et claire, celle de Grand'mère était pleine d'ombres, la vie de la conteuse était admirable, la sienne n'était qu'affreuse. Par bribes et par raccrocs, grâce à ses tantes, rarement par Grand'mère elle-même, Lise en savait l'essentiel. Grand'mère était née au cœur profond du pays, loin des côtes, loin des villes, dans cette région isolée par sa langue, objet de dérision et de moqueries, où toute la France venait chercher ses esclaves des deux sexes et la patrie en danger ses meilleurs défenseurs.

Grand'mère était venue au monde dans la plus pauvre maison de ce pauvre pays. Dès qu'elle avait été solide sur ses jambes, on l'avait envoyée garder les moutons, puis les vaches très vite après, dans le froid et l'atroce peur des loups l'hiver, dans la solitude toute l'année. Quand elle avait grandi, elle avait supplié ses parents de l'envoyer à l'école, seulement un an, le temps d'apprendre à lire et à écrire. « Qui gardera les vaches et fera ton travail ? » dirent les parents pour toute réponse. Son unique frère eut droit, lui, à l'année d'école, mais, tout aussitôt, on le loua à un fermier qui le demandait et la petite fille pleura souvent sur l'injustice qui était faite à celui « qui était placé chez les autres ». Ce devait être une grande injustice, en effet, car le jeune garçon ne revint chez lui que pour mourir. Pendant les tristes années qui suivirent, Grand'mère pensa parfois à la mort comme à une délivrance.

Enfin, la lumière éclata, l'amour apporta sa joie violente et douce ; Jean et la toute jeune fille se marièrent, s'aimèrent et furent heureux, ils eurent deux enfants, le garçon du portrait ovale qui portait le prénom de son père et Marie. Le jeune mari mourut peu après sa naissance, Grand'mère avait eu toute sa part de bonheur. Elle décida de ne plus vivre que pour les deux petits qui témoignaient qu'elle avait été, même pour un court moment, aimée et heureuse. Les enfants étaient si petits que pour mieux donner au travail son temps et son ardeur, elle retourna avec eux chez ses parents, mais ceux-ci étaient sans tendresse et bien que la jeune mère travaillât deux fois plus que quiconque, ils lui reprochèrent chaque jour le pain qu'ils mangeaient. La vie de Grand'mère était devenue sans espoir quand Pierre – Grand'père – arriva et voulut arracher la jeune veuve qu'il aimait à sa vie malheureuse ; il prenait en charge les deux enfants et Grand'mère mit sa confiance dans sa force et dans sa loyauté.

Pierre avait fait son service militaire, il y avait appris le français et connu les gens d'ailleurs. Quand après la naissance du père de Lise, ils désespérèrent d'échapper à la cruauté de leur vie, à l'ampleur de leur misère, il emmena toute la famille dans la grande ville pour y tenter sa chance. Celle-ci se fit rebelle, si rebelle que Pierre décida d'aller plus loin, seul cette fois, à pied, jusqu'à Paris où, disait-on, on trouvait du travail.

Comment Grand'mère, seule dans cette ville inconnue, ne connaissant pas un mot de français, sans aucune ressource pour nourrir ses trois enfants, survécut-elle ? On ne le sut jamais vraiment. Quand on la pressait de questions, son visage s'assombrissait, elle restait un moment silencieuse face au souvenir de la plus grande détresse de sa vie, puis vous regardait enfin avec un petit sourire confus et ne répondait pas. Grand'père revint comme il était parti, un peu vieilli, un peu las et ne parla jamais de son aventure. La tendresse de leurs deux cœurs ne se démentit jamais malgré les duretés de l'existence, les enfants naquirent, quelques-uns moururent, certains furent durs à élever, d'autres plus durs encore devenus grands et la chance leur échappa toujours.

Qu'y avait-il dans tout cela pour faire une histoire à raconter ? pour faire briller les yeux et fondre le cœur ? Comment empêcher que l'on s'en détourne avec horreur, que l'on soit enseveli sous sa tristesse ?

Lise regardait Grand'mère, Mélanie, observait, comme chez la Mère Robert, leur ressemblance et leur différence ; la vie avait ciselé, façonné en creux les traits du visage bruni de l'une, adouci presque jusqu'à l'effacement ceux du visage de l'autre. Oui, c'était bien cela, il y avait quelque chose de désincarné chez Grand'mère et la même terreur folle s'empara de Lise, mais bien vite elle se raisonna, se calma ; c'était absurde, en effet, elle n'avait qu'à regarder autour d'elle, c'étaient les parents qui mouraient, les gens ni jeunes ni vieux. Les vieilles femmes, elles, étaient toujours là, fidèles, patientes, on pouvait compter sur elles aussi longtemps que leur tâche ne serait pas achevée, leur vigilante présence ne manquerait pas. Lise prit Grand'mère par la main et l'emmena dehors, au soleil.

Chaque jour de vacances apportait une joie nouvelle. On choisissait sa plage parmi toutes les criques dont le feston bordait la côte ; lorsque la falaise avait protégé et enfermé la dernière, elle s'anéantissait elle-même dans la mer pour faire place à la longue plage de sable d'un blond pâle, sans rochers, derrière la dune où paissaient les moutons. À la très vieille petite chapelle isolée sur sa bande de terre et dédiée à la protectrice des marins, on faisait une brève visite, le temps d'un vœu, on demandait une chose futile dont la réalisation avait peu d'importance, on n'avait rien à souhaiter, rien d'autre que durent les vacances, qu'on ne puisse en imaginer la fin. Tout près, les vestiges d'un couvent de Templiers disaient que cette parcelle ensablée avait toujours porté la foi des hommes. On allait au village faire les commissions chez l'épicière qui disait drôlement en parlant de nous « les étrangers », on allait dans le bois qui longeait une autre plage déserte pour chercher les pommes de pin et le bois mort qui nourriraient le feu de la cuisinière, les écureuils continuaient leurs folles poursuites et sautaient d'arbre en arbre, comme de petits songes, et si vous vous asseyiez un instant sans bouger, les rouges-gorges s'approchaient de vous familièrement. Lorsque soufflaient le vent et le gros temps, on allait jusqu'à la jetée qui abritait le port minuscule et c'était toujours le même superbe spectacle de voir arriver de très loin les gigantesques vagues qui se fracassaient contre la pierre ; on s'enfuyait en courant pour ne pas être inondés et le vacarme était tel qu'il couvrait les rires et les cris.

Tonton arriva pour passer ses deux semaines de vacances, et Tante Clarisse qui n'avait que huit jours ; le bonheur devint plus grand d'être plus nombreux à le connaître. Tout le monde allait à la pêche, poussant son filet dans l'herbier pour les crevettes ou fouillant les anfractuosités des rochers, soulevant le goémon pour traquer les étrilles, bloquant leurs pattes arrière pour les attraper sans se faire pincer. Quand on avait vidé tous les paniers, cela faisait un grand repas pour toute la famille, un festin dont on était fiers.

Grand'mère se promenait beaucoup sur la plage en tenant dans ses bras sa toute petite-fille qui faisait ses dents et pleurait beaucoup. Elle mettait la joue du bébé contre la sienne pour adoucir le mal et marchait le long de la mer en chantant doucement une petite chanson dans la langue de son pays ; quand, enfin, l'enfant était endormie et que Grand'mère l'allongeait dans ses bras, chacune d'elles avait une joue rouge et Lise riait de voir ainsi Grand'mère avec un seul côté tout rouge. Le soir, c'était Tonton qui essayait de l'endormir avec une berceuse, Tonton connaissait tant de chansons qu'il en avait une pour toutes les occasions et si la berceuse ne faisait pas son effet, il en entonnait une, joyeusement, de soldat ou du temps passé, qui faisait rire tout le monde et le bébé lui-même s'arrêtait de pleurer.

Madeleine avait une amie, Margot, qui, tout de suite, partagea leurs jeux. Elle avait l'âge de Lise, elle était vive, brune, ravissante et passait ses vacances chez ses grands-parents qui possédaient une des rares villas construites sur la falaise. Margot aimait beaucoup son grand'père, un notaire fort occupé, mais surtout elle adorait sa grand'mère qu'elle préférait de beaucoup à son père qu'elle jugeait sévère et à sa mère qu'elle trouvait frivole. La vieille dame était simple, gentille, accueillante aux amis de sa petite-fille, mais elle avait un très grave souci dont il lui arrivait de parler avec la vieille Mélanie qu'elle connaissait de longue date ; la sœur aînée de Margot, la jolie jeune fille dont elle était si fière, avait fait une bêtise, mais, semblait-il, c'était moins la bêtise qui l'inquiétait que l'implacable sévérité de son fils qu'elle redoutait.

Les enfants se sentaient très à l'écart de ces questions et s'amusaient beaucoup. Le petit cousin de Lise devenait, selon les cas, le mari de l'une d'elle ou le fils de l'autre et l'on invitait aussi souvent qu'elle le pouvait, Monique, une petite fille du pays. La mère de Monique voulait placer sa fille et était venue proposer ses services à Tante Fifine, celle-ci avait sursauté devant la jeunesse de l'enfant, puis, comprenant qu'elle pouvait lui rendre service, avait dit qu'elle lui ferait essuyer la vaisselle. Tout le monde s'y mettait alors, on faisait très vite pour faire gagner un peu de temps à Monique, un peu de temps pour jouer avec les autres ; l'enfant était d'abord contente, mais elle s'inquiétait vite, elle se sentait en faute et le jeu ne la distrayait plus, elle savait qu'on l'attendait pour aller au marais, qu'il n'y avait pas un instant à perdre.

Les marais salants, c'était le paysage même de la région, son harmonie, sa lumineuse géométrie, c'était le don de la mer à la patience des hommes, c'était la tradition et la vivante richesse de ces curieux moissonneurs recueillant ce qu'ils n'avaient pas semé, qu'ils avaient seulement offert à la force du soleil et du vent pour en tirer généreusement le sel de la récolte. Un système, un parcours mystérieux et savant conduisaient l'eau de la marée montante de la vasière aux œillets, ce découpage ordonné, aboutissement de la saline, ces miroirs d'eau que le paludier troublait à peine quand, d'un geste élégant et doux, il ramenait avec son long râteau de bois les cristaux brillants du sel.

On avait son marais de père en fils depuis des temps oubliés et, dès que venait la belle saison, dès que le sel commençait à « prendre », toute la famille venait chaque jour faire la récolte. L'homme le déposait sur de petits terre-pleins arrondis, la femme et les aînés en remplissaient les paniers qu'ils vidaient sur les mulons jusqu'à ce qu'ils deviennent immenses et scintillants, tandis que les plus petits enfants couraient pieds nus sur les levées de terre, sans jamais s'égarer dans leur labyrinthe. Le soir tombait doucement, la lumière, la scène familière devenaient d'une émouvante beauté.

Lise se grisait d'insouciance ; quand elle se réveillait le matin, elle savait, avant même que commence la journée, qu'aucune préoccupation, aucune inquiétude ne viendrait y mettre sa lourdeur, sa flétrissure. L'insouciance était partout, dans les bains que l'on prenait à la suite, au gré de son plaisir, dans les promenades que l'on faisait, la nuit venue, pour admirer la voie lactée ou, par les nuits chaudes et denses, pour voir la mer phosphorescente s'étaler en nonchalantes vagues de lumière, elle était dans l'habitude que l'on avait prise de planter là le dîner du soir pour aller voir le coucher du soleil ; on s'asseyait sur la falaise, le ciel entrait en majesté, le soleil disparaissait en vous éblouissant les yeux, la mer immobile en gardait le reflet aussi longtemps qu'elle pouvait, puis l'incandescence s'apaisait, tout devenait opale, nacré. On prolongeait très tard la soirée, on jouait, on parlait, on retenait encore la journée merveilleuse avant qu'elle ne s'achève, si bien que le soleil était déjà haut le matin lorsqu'on se réveillait ; la boulangère était passée avec sa voiture et avait laissé le pain à la porte, à côté du pain il y avait une baguette fendue de frêne sur laquelle la boulangère faisait autant d'encoches qu'elle laissait de pains, quand il n'y avait plus de place on payait le bâton et elle en donnait un autre. Lise considérait la baguette, ainsi on pouvait ne pas payer le pain sans avoir demandé du crédit, ce pouvait être une chose naturelle de ne pas payer son pain. Pendant très longtemps, la petite baguette encochée fut pour Lise le symbole d'une autre vie.

Un beau jour, tout le hameau entra en vendanges. Tout le monde avait sa vigne et chacun aidait l'autre, on fit comme tous les villageois et, malgré les courbatures, ce fut une fête joyeuse et amicale. Les gens y mettaient tout leur cœur, félicitant le voisin de sa belle récolte et entourant spécialement les femmes seules, celles dont la mer avait pris les hommes, la vieille Mélanie et cette autre veuve qui avait élevé seule ses trois fils, l'un d'eux avait pris la mer à son tour, les deux autres vivaient maintenant à la ville et ne venaient plus au village que pour de brèves vacances, pas pour faire la vendange. On avait installé le pressoir dans un renfoncement de la place, les hommes serraient de temps en temps, d'un tour, la grosse vis de bois et le jus qui en sortait était une gourmandise aigrelette.

Les vendanges marquèrent aussi la fin des vacances. On avait fait de la grosse malle d'osier un berceau pour la petite cousine, on la vida de son matelas de balle d'avoine et elle redevint bagage. Le père Lagrée revint avec son vieux fiacre et on refit, en sens inverse, le chemin parcouru. On dit adieu à tout ce qui vous était entré dans le cœur, c'était terriblement triste, mais il ne fallait pas pleurer, on avait connu ce que tant d'autres ignoraient, on avait eu de miraculeuses vacances.

En recevant le titre de directrice d'école, Mademoiselle Jeanne retrouva son nom de famille et, consécration de son nouveau rôle, la charge de la classe du certificat d'études. C'est donc chez Mademoiselle Fillaudeau que les enfants se retrouvèrent avec émotion car si l'année précédente avait été grave, celle-ci devenait sérieuse et elles en étaient conscientes ; pour la plupart d'entre elles, cette année était la dernière de leurs études et le certificat la preuve, pour toute la vie, de leur savoir.

Toutes les élèves de l'année dernière ne se retrouvaient pas, à beaucoup près, chez Mademoiselle Fillaudeau. Il y avait celles que Mademoiselle Lucie avait gardées pour inaptitude, il y avait les filles riches dont les parents dédaignaient le populaire diplôme et qu'ils envoyaient sans attendre à l'institution Sainte-Clothilde qui préparait au baccalauréat. Il y avait toutes celles qui, pour des raisons diverses, avaient traîné dans les classes précédentes et dont les parents avaient impatiemment attendu qu'elles aient l'âge décent d'être retirées de l'école pour en venir, enfin, aux choses utiles. Beaucoup d'orphelines étaient de celles-là, les tristes chaos de leur vie leur ayant souvent fait perdre beaucoup de temps, il arrivait qu'elles soient parmi les plus âgées et que l'âge des études soit déjà passé pour elles.

Lili, heureusement, n'était pas menacée, sa jeunesse et ses bonnes notes lui valaient une année de plus, la même chance qu'aux autres. Elle arriva grandie, plus belle que jamais, avec quelque chose d'un peu grave dans le regard et dans les gestes que Lise ne lui connaissait pas ; les orphelines avaient passé une partie de l'été dans une maison à la campagne et Lili, elle aussi, avait fait les vendanges, le soleil avait doré ses joues de rose et jamais ses yeux n'avaient été aussi bleus derrière les cils décolorés. Lise avait envie de se jeter sur elle et de la serrer dans ses bras, Lili lui parlait avec affection, mais elle était devenue un peu lointaine comme si elle parlait à quelqu'un de plus jeune ; c'était vrai que Lise avait presque un an de moins, elle se demanda, en tremblant, si cette différence n'allait pas, maintenant, s'installer entre elles.

Marthe, aussi, était là, bien que destinée à Sainte-Clothilde, mais elle aimait son école et ses parents n'étaient pas pressés de la voir demi-pensionnaire. Jeannette avait passé une partie des vacances avec sa chère Marcelle dont la mère, pour la plus grande joie de sa petite famille, attendait un bébé. Un jour, Lise entendit Jeannette dire : « Quand j'aurai des enfants… » Sans doute ne comptait-elle plus sur sa mère pour cela.

Mademoiselle Fillaudeau était très gentille et, à condition de ne point faillir à la discipline à laquelle elle tenait, on pouvait avoir avec elle des rapports très agréables ; elle vous interrogeait sur vos projets, vos intentions pour plus tard, pour quand vous auriez quitté l'école et, généralement, elle vous encourageait dans votre choix, faisant toujours valoir que le certificat d'études vers lequel elle vous conduisait était la première porte ouverte sur votre avenir. Les enfants étaient pénétrées de cette évidence, malheureusement le rôle de directrice et le programme scolaire ne faisaient pas très bon ménage, il fallait le sérieux des enfants et aussi les habitudes de travail prises chez Mademoiselle Lucie pour pallier les insuffisances de l'enseignement qui leur était donné.

Marthe, Lili et Lise comprirent très vite qu'elles devaient surtout compter sur elles-mêmes, elles s'unirent, s'entraidèrent et s'entraînèrent avec enthousiasme, heureuses de se sentir responsables, conscientes de leurs progrès. Les récréations se prolongeaient aussi longtemps que

Mademoiselle Fillaudeau n'avait pas quitté son petit bureau directorial ; les enfants, par habitude, commençaient à courir ou traçaient une marelle, mais, très vite, on en venait au plaisir d'être ensemble, toutes les trois, de se parler, d'écouter les autres, de penser tout haut, de juger d'une lecture ou d'un événement, de se sentir grandir, vieillir, sortir de l'enfance. Marthe prêtait des livres, offrait de petites choses, un jour Lise et elle échangèrent leurs chaussettes ; mais c'est à Lili que Lise voulait donner quelque chose d'elle-même, elle prit dans l'armoire de Grand'mère le petit mouchoir de dentelle qui avait entouré son missel de communion, il était brodé à son initiale, la même que celle de son amie. En le recevant, Lili le porta à ses lèvres : le geste bouleversa Lise.

Une inquiétude vague, diffuse, envahissait peu à peu la maison. Grand'mère restait de longs moments sans parler et évitait le regard de Lise, on retrouvait une vieille habitude, le temps de l'insouciance était loin. Un soir, Grand'mère dit d'une voix blanche : « Il faudra aller demain au château… » D'avoir tant redouté cet instant, Lise l'accueillit sans surprise ; pourquoi, de toutes les corvées auxquelles sa pauvreté la contraignait, celle-ci était-elle la plus cruelle, insupportable ? Était-ce à cause de la longue marche humiliante qui, de la grille les conduisait au perron, faisant d'elles des mendiantes, comme n'importe quel mendiant ?

Était-ce parce qu'on allait depuis si longtemps, parce qu'on avait toujours été au château ?

C'était une si vieille histoire, en effet. Tante Marie n'était encore qu'une fillette lorsqu'en traversant la rue, elle avait été brutalement renversée par une aristocratique calèche. On s'empressa autour de l'enfant, le cocher la prit dans ses bras et la ramena chez elle, la châtelaine elle-même mit pied à terre, envoya son médecin, fit prendre des nouvelles. Ayant touché du doigt l'impressionnante misère, la dame calma son effroi en faisant porter des paniers de victuailles, des colis de vêtements, des petites sommes d'argent ; l'accident de Marie devint une aubaine pour toute la famille. Triste aubaine, qui durait encore. Depuis cette date, il était entendu, une fois pour toutes, que Grand'mère pouvait se présenter au château en cas de détresse, car on avait, très vite, cessé de s'enquérir de ses besoins. Autant qu'elle l'avait pu, elle avait oublié le château, gagnant des années entières, mais il restait là, en toile de fond, suprême recours, symbole de désespoir.

Même le voyage en tramway devenait triste en cette occasion ; Grand'mère vérifiait une fois de plus que la robe n'avait aucune tache, que les galoches étaient bien cirées et, pendant tout le voyage, se tenait immobile sur la banquette, réduite, absente. Après le tram, il fallait faire un long parcours à pied, la belle campagne était somptueuse, mais la paix qu'elle offrait n'était pas pour elles. Elles passaient très vite, en baissant la tête, devant le pavillon de la gardienne, une admirable allée s'ouvrait devant elles. Grand'mère, insensiblement, ralentissait le pas et Lise comprit, d'un seul coup pourquoi la démarche au château était la plus blessante, la plus étouffante de toutes ; c'est parce que Grand'mère était à ses côtés, refaisant une fois de plus le même chemin, sans espoir de ne plus jamais le prendre. Si Lise avait pu venir seule au château, elle aurait marché toute droite et d'un pas rapide dans l'allée, elle se serait mesurée à la dame d'un regard assuré, comme elle le faisait de toutes les autres avec, peut-être, la mauvaise satisfaction du dédain effronté. Lise, mentalement, faisait son petit calcul, encore deux ou trois ans et elle gagnerait sa vie et celle de Grand'mère, plus de marc de café bouilli, plus de château, encore deux ou trois ans et une vie heureuse. Une vie heureuse pour Grand'mère… pour combien d'années ?

Les marches du perron, l'immense et claire antichambre n'avaient presque plus d'importance, on allait bientôt partir, encore un peu de temps et ce serait fini. La petite femme de chambre était toujours un peu surprise par la dignité douce de Grand'mère, sa voix sans servilité ; elle avait un petit sourire gentil en revenant avec le billet plié qu'elle mettait dans sa main, elle donnait aussi un sac de papier qu'elle l'invitait à remplir de châtaignes en partant. En sortant, elles découvraient que les arbres étaient magnifiques et, dans toute la splendeur de l'automne, que le ciel était gris et doux, que le parc était d'une infinie sérénité, elles marchaient dans l'herbe en faisant craquer les feuilles sèches, ramassaient les châtaignes brillantes. Grand'mère sortait alors de la poche de son jupon un grand filet à provisions qu'elle et Lise remplissaient jusqu'en haut, en riant du bon tour qu'elles avaient joué ; la gardienne faisait semblant de s'apercevoir seulement de leur présence et invitait Grand'mère à prendre une tasse de café, elle racontait les ennuis des châtelains avec les terres, avec les bêtes, avec leurs enfants, Grand'mère écoutait poliment en tournant la cuiller dans le café, puis la gardienne donnait un grand sac de pommes et Grand'mère et Lise repartaient très chargées.

Il y avait encore un moment difficile avant de retrouver le tramway, il fallait passer devant la longue maison basse, le bâtiment dont on ne voyait que la partie centrale au bout d'une allée et auquel se rattachait, pour Lise et Grand'mère, un souvenir qu'elles ne pouvaient oublier. Il y avait plusieurs années de cela, Lise était encore petite, elles revenaient du château avec leurs châtaignes et leurs pommes, un homme invalide était au bout de l'allée, appuyé sur une seule de ses béquilles :

il avait lâché l'autre pour avoir sa main libre et de cette main il tenait la main d'une petite fille ; de l'autre extrémité de l'allée arrivait une bonne sœur qui tendait la main, elle aussi, vers la petite fille et, pendant un instant, cela fit une petite chaîne dont l'enfant était le maillon central ; elle regardait l'homme avec inquiétude, sans comprendre, puis l'homme, à la fin, lâcha la main, la chaîne se rompit, mais la petite fille ne cessait pas de regarder l'homme dont le visage ruisselait de larmes. Grand'mère s'était approchée de l'affligé, l'avait pris par le bras et lui avait parlé longtemps, avec pitié. Il était revenu de la guerre avec ses blessures et son pilon, mais sa femme venait de mourir, il ne pouvait rien faire d'autre que de confier l'enfant à l'orphelinat. Maintenant, à chaque fois, Grand'mère et Lise revoyaient la scène affreuse et cherchaient avec force à la chasser de leur souvenir. La petite fille devait avoir à peu près l'âge de Lise, encore deux ou trois ans pour elle aussi, deux ou trois ans pour les orphelines et la vie serait là, belle, riche, généreuse.

Le retour était long parce que les sacs étaient lourds, mais on avait tout son temps, le tramway redevenait plaisir, on épluchait pour le soir de fraîches châtaignes, Grand'mère les faisait cuire et on les jetait bouillantes, une à une, dans son bol de lait froid. Il n'y avait rien, non, vraiment rien, de plus délicieux.

Les châtaignes avaient, elles aussi, leur assemblée, et si l'Assemblée des œufs de Pâques était la fête du printemps, celle des châtaignes était la fête de l'automne. Elle avait lieu dans un quartier éloigné, sur une vaste place qui, à d'autres époques, servait de champ de foire ; Lise la connaissait bien pour l'avoir traversée souvent quand elle était petite et que Grand'mère l'emmenait au cimetière. Elle détestait ces visites, ce chemin parcouru entre tant de tombes que l'on côtoyait, contournait, jusqu'à ce que l'on arrive au petit entourage de bois gris qui, lui disait-on, enfermait sa mère ; Grand'mère lui avait donné, en entrant, un bouquet de fleurs qu'elle déposait au milieu de la terre et elle n'avait, ensuite, plus rien à faire jusqu'à ce que l'on s'en aille ; Grand'mère restait toute droite, la tête dans ses mains et quand, enfin, elle regardait Lise, elle voyait bien qu'elle avait pleuré. Maintenant, on avait enlevé sa mère de sa petite tombe, on l'avait mise dans un grand rond avec les autres et Lise était bien contente parce qu'on n'allait plus au cimetière puisqu'on ne savait même plus où elle était.

Était-ce parce que Lise avait grandi ou parce qu'elle-même avait envie de rejeter le cimetière dans le passé, mais, pour la première fois, Grand'mère proposa à Lise de l'emmener à l'Assemblée des châtaignes sur la place que, désormais, on ne dépasserait plus. La brume, élément familier de la ville, nimbait ce dimanche d'automne, mais le soleil était derrière, vigilant, et la transformait en brouillard d'argent. Le tramway passait sur un pont, au-dessus de la rivière, cette même rivière indolente, sauvage, complice des jeux, devenue méconnaissable entre ses quais animés, bordés d'anciennes et belles maisons, coulant sagement vers le fleuve tout proche dont la ville était née.

Tout autour de la place, une épaisse couronne d'arbres entourait un espace nu, celui où l'on montrait les bêtes à vendre, où l'on dressait de temps en temps le chapiteau d'un cirque, mais aujourd'hui, partout, sur toutes sortes de brasiers, dans d'énormes poêles trouées, on grillait des châtaignes et l'air et la brume s'imprégnaient de l'odeur des écorces calcinées. Quelques marchandes improvisées avaient installé, à même le sol, sur des sacs de jute, des monticules de châtaignes brillantes et l'on pouvait faire, à bon prix, sa provision pour longtemps.

Était-ce à cause de l'automne, du déclin de l'année, mais les enfants n'étaient pas chez eux, comme à l'Assemblée des œufs de Pâques. Il y avait bien un petit manège dans un coin pour les plus jeunes, on leur donnait bien à tous quelques sous pour un cornet de marrons grillés, mais ils ne s'attardaient pas ; en même temps que les châtaignes, on fêtait le vin nouveau et c'était une fête qui se prolongeait si tard dans la nuit qu'ils avaient devant eux de longues heures de liberté.

Elles achetèrent, comme tout le monde, des châtaignes grillées, choisirent une petite table sous les arbres et Grand'mère commanda même une fillette de vin nouveau. La brume dorée enveloppait tendrement la place, les feuilles roussies se détachaient des arbres et tombaient en hésitant. Comme on était bien, assises devant ces gens qu'on ne connaissait pas et qu'on ne reverrait jamais ; Grand'mère versa un peu de vin dans les verres, il était laiteux, exquis et rendait meilleures encore les savoureuses châtaignes, mais après quelques gorgées, la tête se mit à tourner et on eût été incapables de se lever. Grand'mère riait, mais pas pour se moquer de Lise, c'était le vin qui la faisait rire.

Elles restèrent longtemps assises à la petite table, mangeant les châtaignes, sans boire le vin qui leur faisait un peu peur, le soleil en se couchant colorait de mauve et de rose la brume qu'il n'avait pu percer. Quelques marins étaient installés, ici et là, des ouvriers se mirent à chanter, l'un d'eux commença, d'une voix forte, une chanson que les autres reprirent : « *Ils ont les mains blanches, les mains maquillées…* », disait-il en ouvrant ses larges mains noircies par le travail. À une autre grande table, des gens incitèrent une femme à chanter, elle se défendait en riant et en rougissant, mais tout le monde la pressa et elle se leva ; sa voix était ample et grave, son visage cessa de sourire et sa chanson était une prière menaçante : « *N'insultez pas les filles…* » disait-elle à ceux qui ne voyaient en elles que des prostituées. Une femme assise toute seule à l'écart se leva à son tour et chanta d'une voix mouillée : « *Du gris que dans mes pauvres doigts, je roule…* » en accompagnant sa plainte du geste machinal de ses doigts jaunis. Lise écoutait sans en perdre un mot, lisant à travers ces chansons dans le grand livre inconnu de la vie et Grand'mère, elle-même, était attentive à l'histoire de ces misères ignorées.

L'air, autour d'elles, était devenu maintenant tout à fait violet, elles burent une dernière gorgée de vin pour se dilater le cœur et reprirent le chemin de la maison en se tenant par le bras, elles marchèrent longtemps, retardant le moment de reprendre le tramway, heureuses de s'éloigner pas à pas de la place qui ne verrait plus jamais leur tristesse, la place ne conduisait plus au cimetière, on n'y reviendrait plus que pour manger des châtaignes et pour le plaisir d'entendre des chansons tristes.

Les mois, les saisons passaient vite, remplis par le sérieux et l'application que les enfants apportaient à leur travail, cette première confrontation avec elles-mêmes, avec les autres, qui les attendait à la fin de l'année scolaire, revêtait à leurs yeux une extrême importance. Elles devaient obtenir ce certificat d'études pour passer en cours complémentaire ou pour leur simple contentement et, de cela, elles étaient seules responsables. Lise ne voyait plus Germaine que de loin en loin ; celle-ci se serait ennuyée ferme chez Mademoiselle Lucie si elle n'avait eu en tête des rêves, pour elle enchanteurs. Sa sœur aînée venait d'épouser un garçon coiffeur qui ambitionnait de s'installer à son compte et il avait promis à Germaine de la prendre chez lui et de lui apprendre le métier ; en attendant, Germaine rongeait son frein tout au long de cette dernière année d'école plus détestée encore que les précédentes. Pour elle, beaucoup plus que pour Lise, les jeux de la terrasse et ceux de la rivière avaient basculé dans l'oubli.

On fit néanmoins une pause pour préparer le renouvellement solennel de la Communion. On s'aperçut en remettant la jolie robe que Lise avait enfin grandi, Tante Clarisse non seulement défit tout l'ourlet, mais dut ajouter une petite bande de tissu à la taille, sous la ceinture. Selon la coutume, les communiants de la première année, héros de la cérémonie, entrèrent à l'église avant les autres et prirent place devant l'autel. Lorsque Lise gagna son banc, derrière eux, elle vit avec effarement que là où, l'année dernière, ses compagnes et elle formaient une imposante masse blanche, il n'y avait plus que quelques pauvres rangées, seulement un petit groupe de filles, un petit groupe de garçons, de chaque côté de l'allée centrale. On lui dit que c'étaient les enfants nés au plus fort de la guerre, pendant que l'on tuait tous les hommes sur le front, ainsi, plus de pères, pas d'enfants ! on avait donc voulu arrêter le torrent de la vie… Lise, effrayée, regardait les rescapés, les échappés du temps de la folie. Comment ces maigres ruisselets pourraient-ils jamais reconstituer le cours impétueux du beau fleuve tari ? En même temps, on apprit que la municipalité avait définitivement interdit la procession. Avait-on cessé d'être fier des enfants ? On pouvait se le demander puisque ces pauvres petits, nés malgré la mort, ne monteraient pas sur la scène jonchée de roses pour en être les acteurs admirés, ils ne seraient plus la houle innombrable, la promesse attendue, ils ne seraient plus ni l'orgueil ni l'espérance de leurs parents, ils ne représentaient plus rien.

Tante Clarisse lui expliqua que la procession était un obstacle à la justice. Lise, malgré tous ses efforts, n'y comprenait rien ; en quoi la procession des enfants barrait-elle le cours de la justice ? Les idées de Tante Clarisse étaient bien compliquées.

Les épreuves du certificat d'études commencèrent par celle du français, bon début pour les trois amies dont c'était la matière forte. En se retrouvant dans le bâtiment officiel et laïc, Lise se souvint de tout ce qu'on leur avait révélé sur ce temple de l'athéisme et de l'immoralité qu'était l'école communale ; il était formellement interdit d'en fréquenter les élèves et, comme tout finissait toujours par se savoir, des mères avaient dû fournir des explications sur les fréquentations de leurs filles, souvent conséquences de celles des parents, on les écoutait avec un air pincé, la contagion devait être écartée à tout prix. Lise regardait autour d'elle, cette salle de classe avec ses tables et ses bancs, les cartes sur les murs, en moins propre, moins briqué, plus grand sans doute, ressemblait à s'y méprendre à son école chrétienne, et cette fillette à côté d'elle, avec ses lunettes et ses cheveux frisés, n'était-elle pas comme elle, en ce moment, appliquée et inquiète devant l'examen ? Lise eut en mémoire les leçons de tolérance de l'abbé Jallais et lui adressa son plus engageant sourire.

On était venu le matin par le tramway, les orphelines, tout petit groupe inhabituel, s'étaient jointes aux autres réunies à l'école, la maîtresse de dessin les conduisait. D'un geste qui leur était depuis longtemps naturel, Lise et Lili se prirent par la main, c'était la première fois de leur vie qu'elles marchaient ensemble dans la rue, mais elles étaient trop émues par les circonstances pour en être conscientes. Quand elles furent installées dans le tram qui avait l'air de ne rouler que pour elles tant elles l'avaient envahi, Lise remarqua un détail qui la fit réfléchir, alors que chacune d'entre elles sortait un peu de monnaie de sa poche contre le ticket du receveur, c'était la maîtresse qui payait pour les orphelines ; ces enfants n'avaient pas le droit, même pour un court instant, de posséder une pièce, elles étaient à ce point soustraites du monde que jamais leur main ne se refermait sur l'argent, ce furet qui pourtant, passant par ici, passant par là, courait à travers les âges et les continents. L'argent pouvait être tourment, il pouvait être délivrance : il était les cinq sous du dimanche, il était quelque chose à soi.

On parla, au retour, du sujet de français jugé facile, mais l'avait-on bien traité ? On en discuta un peu, mais à quoi bon s'attarder maintenant sur ce qui ne pouvait plus être corrigé ? On se prépara à la suite, les problèmes furent plus aisément vérifiés, mais tous ces jours si longtemps redoutés se passaient en dehors de soi, avec une sensation d'étrangeté. Quand tout fut fini, on annonça aux élèves qu'il leur restait à passer l'examen dont la valeur primait tout, le certificat d'études chrétiennes. S'il avait fallu se soumettre à l'autre, laïque et obligatoire, et le réussir pour montrer sa force à l'adversaire, celui-ci engageait l'honneur et la gloire de chacune.

On recommença donc toutes les épreuves, alourdies d'une part importante d'instruction religieuse, mais, malgré les objurgations de Mademoiselle Fillaudeau, les élèves savaient l'inutilité du diplôme et s'en détachaient.

Il ne restait plus qu'à tuer le temps dans l'attente des résultats, on leur fit refaire toutes les épreuves passées, ce qui acheva de les troubler, puis on cira les bancs, les tables, on vida les encriers, l'année scolaire était finie ; on leur accorda quelques jours de congé avant le rendez-vous du verdict.

Assises sur le banc du préau, serrées les unes contre les autres, les élèves attendaient la directrice. Elle arriva, toute rouge, l'air mécontent : « Il était évident que vous ne seriez pas toutes reçues », dit-elle et elle cita les noms de celles, à la vérité peu nombreuses, qui avaient échoué ; une grande fille, près de Lise, éclata en sanglots, Lise eut un geste vers elle, mais elle s'aperçut qu'elle ne savait pas son nom, qu'elle avait passé toute une année avec elle sans même la connaître. La dernière de la funeste série était Jeannette, l'enfant blêmit en entendant son nom, ses amies voulurent l'entourer, mais la directrice arrêta les effusions, elle commençait la lecture du palmarès des reçues ; elle prit un temps, le ton de sa voix : « Nous avons trois mentions "très bien", dit-elle, c'est un succès honorable ». Marthe et Lise, incrédules, s'entendirent nommer. Puis vint le tour des résultats du certificat chrétien ; ici Lise n'avait qu'une mention « assez bien » et la directrice lui marqua en termes sévères sa réprobation de n'avoir pas porté ses efforts sur le plus important des diplômes. Jeannette aussi était reçue, Mademoiselle Fillaudeau eut beau lui expliquer que c'était l'essentiel, la fillette hochait tristement la tête ; comment accéder aux bourses de l'État promises aux pupilles sur lesquelles sa mère comptait pour l'avenir, comment ignorer que son succès était dérisoire et vain ? Ses yeux se remplirent de larmes.

Une petite bonne sœur fit à ce moment son entrée dans le préau, elle venait chercher les résultats pour les enfants de l'orphelinat : Lili était la troisième mention « très bien », Lise et

Marthe retinrent un cri, leurs yeux brillèrent de joie. Lise regardait la petite religieuse qui notait soigneusement sur un carnet ce que lui dictait la directrice et, brusquement, elle vit dans ce visage impassible l'image même du malheur, le signe du destin. Lili… C'était fini, plus jamais Lili ne serait dans son regard, dans sa vie. Plus tranchante que la mort, la séparation à laquelle, à aucun moment, rien ne l'avait préparée, la laissait brisée, amputée…

Elle eut envie de quitter tout de suite l'école, le préau, les enfants jacassantes qui riaient, celles qui pleuraient, elle refusa la compagnie de Marthe qu'elle reverrait bientôt pour la distribution des prix, et elle partit en courant. Elle ne voulait pas non plus rentrer chez elle, revoir Grand'mère, parler avec elle de son succès ; elle prit des chemins inhabituels, au hasard, elle eût voulu être loin, très petite ou très vieille : un petit chemin désert, semblable au sien, s'ouvrit devant elle ; elle s'appuya au mur. Elle étouffait de souffrance, mais elle refusait le malheur, non, ce n'était pas possible, qu'avaient-elles fait, Lili et elle, pour connaître cette malédiction ? Elle revit en pensée la joue de Lili, son regard bleu, sa bouche rieuse et elle éclata en sanglots ; la tête enfouie dans ses bras repliés, elle pleura longtemps.

Grand'mère l'embrassa tendrement, il y eut dans son sourire plus que de la fierté, un peu de triomphe et d'apaisement ; Lise avait connu tant de malheurs, sa mère morte, son père absent, mais elle venait de remporter aujourd'hui sa première victoire sur l'adversité. Lise ferma les yeux pour cacher ses larmes, elle avait connu aujourd'hui son premier vrai chagrin.

La distribution des prix approchait. Longtemps à l'avance, les classes chargées d'organiser la fête récréative qui, rituellement, l'accompagnait, se mettaient à l'ouvrage. Les actrices choisies apprenaient leurs rôles, répétaient les chants ou les danses et y sacrifiaient leurs récréations et leurs jeudis, il y avait entre elles des conciliabules chuchotés, des secrets respectés pour préserver tout l'effet de surprise et d'émerveillement du grand jour. L'honneur de monter sur la scène était, en principe, réservé aux meilleures élèves, mais il y avait beaucoup de dérogations ; il fallait trouver des emplois pour les filles des généreux donateurs, pour ceux qui étaient prêts à payer les costumes et les décors à condition que leurs enfants s'y pavanent, si bien que si l'on ne pouvait pas tricher ave les notes de français ou de calcul, les prix de dessin, de chant, de gymnastique ou d'instruction religieuse récompensaient parfois des mérites moins évidents. Depuis la classe enfantine où elle avait autrefois figuré l'Enfant-Jésus, Marthe avait tenu, d'année en année, à peu près tous les principaux rôles, mais Lise, malgré ses bonnes notes, n'en n'avait jamais joué aucun.

Sa pauvreté n'expliquait pas tout car on eût pu facilement lui faire une place sur le théâtre dans un rôle modeste, mais on ne lui pardonnait pas ses cheveux courts, sa frange rebelle, ses éternelles chaussettes ; une élève de l'école chrétienne se devait de garder les cheveux longs et de ne pas sacrifier à la mode impie et, dès le plus jeune âge, de porter des bas pour couvrir ses genoux.

La classe du certificat d'études, en raison de l'examen, se tenait à l'écart de la préparation de la fête ; toutefois, la tradition voulait que l'une des meilleures lauréates soit chargée de réciter le compliment à Monsieur le Curé ; il était devenu choquant de ne pas confier ce rôle à Lise et à sa mention « très bien » ; on lui fit jurer de porter des bas, de retenir sa frange dans une barrette et on lui fit apprendre le texte. La directrice en était l'auteur, elle tentait chaque année de le rajeunir de nouvelles formules, semblables façons de dire la même chose, et il avait fini par devenir un interminable monologue de banalités, de redites, totalement impersonnel et étranger à l'homme auquel il s'adressait.

Quand son tour fut venu, on remit à Lise une gerbe de fleurs destinée au curé et elle monta sur le théâtre. Quel démon la prit ? Le besoin de souligner la dérision de ce qu'elle avait à dire s'empara d'elle, de sa voix ferme, modulée, accentuée par l'ardeur, elle transforma la pieuse niaiserie en mascarade. L'assistance, un instant étonnée, mit ces surprenantes intonations sur le compte de l'inconscience et trouva cela plutôt drôle, la directrice n'était soucieuse que de vérifier la qualité littéraire de son œuvre, le curé ne s'y trompa point. Il n'eut pas un geste vers le bouquet dont la religieuse s'empara. Lise s'inclina devant lui avec une déférence appuyée et quand elle releva la tête, il y avait du défi dans le regard qu'ils échangèrent.

Tante Fifine arriva quelques jours plus tard et, avec elle, revenait le temps du hameau au bord de la mer, du bonheur des vacances. Grand'mère, cette année, ne serait pas du voyage. Les marins s'étaient annoncés, elle voulait être là pour les accueillir ; Tante et Lise en eurent de la peine, mais comment faire autrement ? Les petits cousins avaient grandi, le petit garçon s'agitait toujours beaucoup, mais le bébé était devenu une petite fille sage et douce. Tante Marie dit que l'on mettrait à profit les vacances et l'absence des enfants pour que leur père se fasse opérer d'une hernie qui le gênait depuis quelque temps. Grand'mère était très préoccupée par cette opération qu'elle voyait d'un mauvais œil, mais on lui dit qu'il s'agissait d'une intervention très simple et que, les choses n'étant plus comme de son temps, la chirurgie arrangeait tout.

On retrouva le plaisir du train, on reconnaissait les noms des arrêts, on était devenu des habitués des bains de mer. Pour simplifier le voyage et lui ajouter du charme, Tante Fifine avait fait venir le Père Lagrée et son fiacre jusqu'à la petite ville fortifiée, on en profita pour lui faire une longue visite ; une fois franchies les rondes tours trapues de la porte principale, un silence aimable, une paix tranquille vous accompagnaient tout au long des étroites rues pavées, la petite ville avait choisi dans son long passé son époque la plus heureuse et s'y était installée, les maisons avaient la beauté noble et simple, les jardins le mystère ombragé de cet autrefois. Pouvait-on, ici, ne pas être heureux, se demandait Lise. Mais on avait hâte de revoir la mer, la maison, la vieille Mélanie, Madeleine et tout ce qui vous attendait au terme de la merveilleuse promenade de la voiture cahotante.

De retrouver ce que l'on avait tant aimé fut une joie plus forte que de l'avoir découvert, Mélanie avait gardé pour ses locataires sa pêche de crevettes roses du matin, on sortit de la malle d'osier un fourneau à pétrole que Tonton avait acheté, mais que l'on eut beaucoup de mal à faire fonctionner, on retourna à la fontaine chercher l'eau dans une grande cruche de terre que l'on tenait à deux, par les anses, tout le monde vous salua comme de vieux amis, rien n'avait changé, tout était en place.

Cependant, Monique n'était pas là, sa mère l'avait placée pour toute la saison comme domestique, dans la grande station balnéaire voisine. Madeleine avait eu, elle aussi, son certificat d'études, sa sœur passerait l'année prochaine son brevet élémentaire, Mélanie était contente, les années se passaient bien. Lise demanda tout de suite des nouvelles de Margot, le visage de Madeleine devint très triste ; Margot n'était pas là, elle ne serait plus jamais là, ses grands-parents avaient vendu la belle villa sur la falaise, ils étaient allés ailleurs cacher leur déshonneur et leur chagrin. La grande sœur de Margot allait avoir un enfant, mais le père était intraitable, il ne voulait ni de l'enfant ni du garçon qui avait souillé l'honneur de sa fille. Alors la jolie jeune fille, désespérée, désemparée, abandonnée aussi par celui qu'elle aimait, s'était tuée, choisissant de mourir « dans la chambre où je me suis donnée », écrivait-elle dans une petite lettre laissée près d'elle.

Peu après, tout le village s'associa au deuil de la veuve de la mer dont le fils, Abel, était devenu marin. Ce n'était pas la mer qui avait pris Abel, mais l'amour malheureux, il venait de se pendre sur son bateau, par désespoir. Lise était horrifiée ; l'amour était-il ce sentiment mortel, ce poison qui coulait dans l'âme et inondait le cœur ? Quelque chose de si terrible que l'on pouvait suspendre sa vie, refuser la promesse, briser l'élan, la force de l'intense curiosité, de l'ardente espérance en ce que la vie vous donnerait, en ce qu'elle ferait de vous et en ce que vous en feriez… Qu'était-ce donc que l'amour ?

Lise et Madeleine en parlaient souvent, mais elles ne trouvaient pas de réponse. Était-ce si important ? La question restait loin d'elles et puis, toutes les deux, se méfiant de l'amour préféraient la vie. Madeleine regrettait Margot et ses vacances étaient gâchées. Lise était obsédée par la pensée de Lili, mais n'osait pas en parler.

Tonton arriva bientôt et félicita Lise de son succès avec beaucoup de chaleur. Lui-même, autrefois, avait eu le premier prix départemental du certificat d'études de sa province et la mention de Lise lui allait droit au cœur. Venant de Tonton qu'elle admirait tant, ce fut pour elle le plus beau compliment.

On eut de bonnes nouvelles de l'oncle dont l'opération avait bien réussi et les vacances prirent leur rythme heureux. Madeleine et Lise se firent de nouveaux amis, il semblait même que le village devint moins ignoré. Deux ou trois familles se faisaient construire de belles villas de vacances sur la falaise et c'était amusant d'aller sur le chantier, de voir la construction s'élever, de s'imaginer vivant dans de grandes maisons comme cela, seulement pour les vacances. Les ouvriers étaient très gentils et vous autorisaient à prendre de l'eau dans le puits qu'ils avaient creusé, ce qui facilitait bien la corvée d'eau.

Un jour, un petit télégramme bleu annonça la nouvelle brutale : l'oncle était mort, avant même de quitter l'hôpital. Quelques jours plus tard, Clarisse et Marie arrivèrent au village et on alla les chercher à la petite gare ; la mère voulut prendre ses enfants dans ses bras, mais la petite fille poussa des hurlements de frayeur devant cette femme enveloppée de longs voiles noirs. Ce n'est qu'à la maison, quand elle se fut dévêtue, qu'elle put les serrer contre elle en pleurant et que l'enfant la reconnut. La famille comptait deux orphelins de plus, un petit garçon si maigre et si drôle qui avait tout de suite demandé si, bien que son père fût mort, il pourrait aller voir le défilé du carnaval, et une petite fille aux yeux arrondis qui suçait son pouce.

Marie n'avait aucun métier, elle ne savait que soigner les enfants et tenir sa maison. Pour élever ses deux petits, elle ferait des ménages, Tante Fifine lui enverrait, à elle aussi, chaque mois, des billets dans une enveloppe, Tante Clarisse habillerait la famille, ferait tout ce qu'elle pourrait. On se serrerait, on s'aiderait, il y avait encore, pour eux, beaucoup d'années à passer.

Ce n'était plus dans une salle de classe mais dans une pièce contiguë à la chapelle qu'étaient rassemblées sur trois rangées, une par année, les élèves du cours complémentaire qui, par étapes, les conduirait au brevet élémentaire. Lise avait parfois imaginé sa fierté de se trouver un jour avec les grandes, isolée, respectée, honorée comme celle qui, ayant déjà gagné, peut dominer encore et arriver au sommet ; cependant, aujourd'hui, dans la cour de récréation où, en attendant que sonne la cloche, elle restait là songeuse, il n'y avait en elle que tristesse et regrets. Elle regrettait les deux grands bâtiments qui se faisaient face, leurs fenêtres hautes, trois de chaque côté, qui éclairaient ces vastes salles que, de la classe enfantine à la classe du certificat d'études, elle connaissait par cœur, elle revoyait les larges escaliers, les longs couloirs où elle avait traîné tant de galoches, les tables et les bancs qui, d'année en année, grandissaient avec les enfants. Tant de souvenirs pour elle, et rien d'elle pour les autres... Le cours complémentaire était à l'écart, rejeté de l'école, il n'était déjà plus l'école, égaré dans ce petit bâtiment annexe qui n'abritait que la chapelle, le réfectoire, le parloir et des pièces où l'on n'entrait jamais. Il ne recueillait que de rares destins ; où étaient les autres ? Marthe, Jeanne, Jeannette ? et Germaine ? et Lili...

En entrant dans la petite salle, elle se rendit compte qu'elle n'y avait pas une amie, personne à qui elle eut seulement un peu parlé jusque-là ; dans un grand effort, elle domina sa peine et les larmes qui lui venaient aux yeux. C'était mieux ainsi, qui pourrait jamais remplacer Lili ? et même Marthe... Et puis, l'intérêt, la curiosité toujours en éveil pour ce qu'elle vivait, entrèrent en jeu ; puisque le cours complémentaire devenait sa vie, il ne fallait rien en perdre, elle observa la maîtresse d'un œil aigu.

Mademoiselle Louise était jeune, nantie de quelques diplômes tout neufs, ardente et scrupuleuse, mais sa jeunesse démentait son autorité et la rendait vulnérable. Tout de suite son enseignement intéressa Lise, il ne s'agissait plus de français mais de littérature, plus de calcul mais d'algèbre et de géométrie, plus d'histoire naturelle mais de physique et de chimie. Le plaisir d'apprendre autre chose, d'en savoir plus, d'aiguiser son intelligence, de mesurer ses forces, c'était depuis longtemps un jeu qu'elle aimait.

Lise s'était installée, dès le jour de la rentrée, à l'extrémité du banc ; outre qu'elle détestait être encadrée, de ce petit groupe où elle ne connaissait personne, une seule voisine lui suffisait bien. Elle ne se souvenait pas avoir jamais vu la petite jeune fille brune qui s'assit près d'elle ; en effet, Suzanne venait de l'école communale, elle était orpheline de guerre et c'est parce qu'elle avait échoué à l'examen des bourses que sa mère, en désespoir de cause, voulait, par d'autres voies, lui faire obtenir le brevet élémentaire.

Orpheline, et de l'école communale ? Quelque chose se déclencha en Lise et elle regarda Suzanne. Malheureusement, elle n'était pas très attirante, elle parlait sans cesse de son école communale dont elle précisait toujours, pompeusement, le nom et l'adresse, où tout, selon elle, était plus beau et meilleur que dans cette école où elle était venue par contrainte. Lise était agacée, mais ce qui l'irritait par-dessus tout, c'étaient les habitudes que Suzanne avait gardées de toutes ses classes chahuteuses. Les petits papiers passés sous le nez de la maîtresse, les plaisanteries stupides, les farces et les taquineries, Lise repoussait tout cela, elle aimait le jeu, elle aimait l'école, mais elle ne les mélangeait pas.

Son cartable à la main, Lise traînait un peu sur l'Avenue, la maison n'était pas dans une bonne période ; elle n'avait aucune envie de se hâter ; cédant à un désir soudain, elle bifurqua et se mit à courir en direction de la rivière. Celle-ci lui parut frileuse, inamicale, ses abords détrempés par les dernières pluies, les barques à demi inondées ne s'offraient plus à la promenade, Lise se serra dans sa pèlerine et remonta vers la route. Est-ce que tout ce qu'elle aimait allait ainsi se détacher d'elle ?

À un détour du chemin, elle se trouva nez à nez avec Suzanne, affectueuse, volubile, entreprenante. En d'autres temps, Lise l'eût écartée, mais Suzanne habitait non loin de là, près de chez Germaine ; Lise en fut attendrie, et puis elle était oppressée par la solitude, le désert d'amitié, jamais elle n'avait vécu comme cela, dans cet isolement, sans être accompagnée par la tendresse échangée. Elle se livra à Suzanne et lui fit une place dans son cœur.

Suzanne non plus n'avait pas d'amies, mais elle n'en souffrait pas ; sa mère, sa famille et leurs amis composaient tout son univers, elle s'intéressait aux mêmes choses, se posait les mêmes questions qu'eux, ne vivait qu'avec eux. Sa grande préoccupation du moment était de savoir si sa cousine qui venait de se marier était enceinte ; Lise essayait bien de parler d'autre chose, mais

Suzanne revenait à son sujet ou à quelqu'un que Lise ne connaissait pas davantage. Elle parla de la classe, de la littérature, de la chimie ; Suzanne lisait *Les Veillées des chaumières*, comme sa mère, et détestait les sciences. Lise fut bien obligée de se rendre à l'évidence, toute dissipée qu'elle fût en classe, Suzanne n'était plus une enfant, avec une application butée elle forçait le monde des adultes pour s'y faire une place.

Lise fut invitée, un dimanche, chez Suzanne. Elle apporta un bouquet, comme chez Jeannette, mais on était bien loin du petit appartement de l'enfant brune et de sa mère. Toute la famille était chez la mère de Suzanne, comme souvent le dimanche, des hommes, des femmes qui parlaient tous en même temps et riaient très fort, et Suzanne très excitée et au courant de tout. Sur une question que Lise lui posa le lendemain, Suzanne s'esclaffa : « Tu ne peux pas comprendre, tu es trop jeune ! » Lise était hors d'elle, mais c'était la vérité, autrefois elle n'était gênée que par sa petite taille, son âge ne la séparait pas des autres et il avait fallu arriver chez Mademoiselle Fillaudeau et que l'on soit obligé de demander pour elle et pour une seule autre élève, une dispense d'âge pour passer le certificat d'études, pour que l'on sache qu'elle était aussi jeune. Ici, au cours complémentaire, l'écart se creusait, elle se sentait à part, elle voyait bien que lorsqu'elle s'approchait d'un petit groupe dans la cour, la conversation s'arrêtait et les sourires devenaient entendus.

Assez rapidement, l'enseignement lui-même perdit de son attrait ; à réunir ainsi trois années différentes en une même classe, enseignées par le même professeur, la plus sacrifiée était, obligatoirement, la première. Tous les soins de Mademoiselle Louise étaient pour l'année du brevet ; il y avait bien quelques cours communs, en français par exemple, mais tout était fonction de l'examen ; on étudiait *Horace* parce que les aînées savaient déjà *Cinna* et *Le Cid*, elles pouvaient aussi être interrogées sur *Andromaque* et, pour ces chrétiennes qui allaient quitter l'école, il n'était pas question d'ignorer *Polyeucte*. Pour résoudre tous ces problèmes comme il convenait, on se débarrassait des plus jeunes en leur faisant ressasser les imprécations de Camille. Et puis tant de morceaux choisis, d'extraits raccourcis, Molière, Lamartine ou Victor Hugo découpés, hachés, déformés, ignorés, laissaient Lise insatisfaite ; cette année différente, difficile à vivre, la désemparait.

Lorsqu'arriva le printemps, les jours plus longs, Lise prit l'habitude d'aller, de temps en temps, chercher Tante Clarisse à la porte de sa petite usine. Une sorte de boutique en constituait l'entrée, quelques marches à monter, et on était dans son petit bureau vitré ; Tante devait porter une longue blouse noire pour protéger ses vêtements car la pièce, qui donnait directement dans le principal atelier, était sale, encombrée de pièces usinées, noires et grasses. Tante remplissait des papiers, des formulaires, qu'elle remettait aux ouvriers, écrivait dans de grands livres ; avec des gestes mesurés, sans jamais élever la voix, elle était active, efficace, et donnait toute satisfaction au patron.

Pour ne pas la gêner dans son travail et lui attirer des réflexions désagréables, Lise passait plusieurs fois devant la boutique, sans entrer, jusqu'à ce que Tante Clarisse l'aperçoive et lui fasse un petit signe de connivence, puis elle allait s'asseoir en face, sur un banc du square. Elle jetait un petit coup d'œil autour d'elle, sur son voisin de banc, et riait encore en elle-même au souvenir de sa petite aventure récente ; une vieille dame bien habillée, avec une broche de perles noires piquée dans son chapeau, était déjà installée et suivait avec attendrissement les jeux des petits enfants quand Lise vint s'asseoir près d'elle. Bienveillante, causante, elle s'adressa tout aussitôt à elle : « Vous êtes en classe au lycée, Mademoiselle ? » dit-elle en désignant le grand établissement tout proche. Une vieille dame lui disait « vous », l'appelait Mademoiselle et l'imaginait lycéenne ? La tête lui tourna. « Oui, Madame », répondit-elle sans hésiter. « En quelle classe êtes-vous ? », continua la dame. Lise dit un chiffre, au hasard ; la dame eut un regard de surprise admirative et hocha longuement la tête, tandis que Lise, subitement cramoisie, baissait les yeux. « Que faites-vous en français ? » Lise reprit pied : « *Horace*, Madame ». « Ah, *Horace* ! fit la dame pâmée, les imprécations de Camille ! Mon pauvre père les aimait tant ! » Portée par un triomphe facile, Lise commença dans l'allégresse les vers trop connus : « Rome, unique objet de mon ressentiment… » ; la dame, enflant sa voix, accompagnait Lise retrouvant les intonations autrefois apprises. Elles rirent toutes deux quand ce fut fini, la dame félicita Lise, mais c'était surtout d'elle dont elle était contente, de sa mémoire, d'avoir retrouvé un instant sa jeunesse. Lise était ensuite partie rapidement pour éviter d'autres questions embarrassantes, mais elle ne regrettait pas son mensonge, elle était assez fière qu'une vieille dame instruite et distinguée se soit reconnue en elle.

Quand Tante Clarisse arrivait, elles partaient bras dessus, bras dessous, heureuses d'être ensemble, de s'entendre si bien, les idées de Tante lui paraissaient même plus claires, mais elle remettait à plus tard le temps d'y réfléchir, ce qui était bien, c'était l'instant présent, traverser le jardin public avec ses enfants joueurs, ses fleurs en massif, son petit jet d'eau dans le bassin.

Depuis la mort de l'oncle, on montait plus souvent chez Tante Marie, les enfants grandissaient, le petit garçon était plus calme, mais il avait toujours autant de vivacité et de drôlerie, la petite fille posait un regard grave sur le monde qui l'entourait et restait de longs moments à se contempler devant la glace. Tante Marie frottait beaucoup de parquets et de vitres, mais elle prenait tant d'intérêt aux histoires de ses patronnes que sa propre existence avait l'air d'en être allégée. Tante Clarisse avait apporté de bons gâteaux, Tante Marie mettait un peu de sirop rouge ou vert dans l'eau : on faisait à chaque fois une petite fête. Quand il fallait repartir, les enfants s'accrochaient à vous pour vous garder encore un peu, il y avait encore un jeu, quelque chose à se dire, mais il fallait rentrer, l'oncle attendait à la maison et Grand'mère s'inquiéterait, on dénouait les doigts des enfants, on se faisait mille baisers.

Lorsque Lise arrivait à la maison, le soir était tout à fait tombé, Grand'mère était assise, dans l'ombre, derrière la petite porte vitrée de la cuisine, la soupe était bien au chaud sur le coin du fourneau. Grand'mère allumait la lampe et, pendant tout le dîner, Lise donnait avec force détails des nouvelles de la famille, racontait les derniers mots d'enfant du petit garçon, les coquetteries de la petite fille et Grand'mère, rassurée à leur propos, souriait de plaisir. Il arrivait aussi lorsque Grand'mère allumait la lampe, tandis que la flamme montait de plus en plus claire dans le verre, que tant de fatigue se reflétât sur son visage, que Lise restait muette d'inquiétude et de peur jusqu'à ce qu'un petit sourire las, une question dont elle n'attendait pas de réponse enfin les dissipent.

Lise se tenait debout sur la plate-forme du tramway qui l'emmenait à la rencontre de Tante Clarisse quand une voix derrière elle l'appela gaiement, en se retournant elle reconnut Antoinette. Elle avait souvent remarqué depuis la rentrée cette grande jeune fille, élève de deuxième année, dont les yeux magnifiques, les yeux de velours noir tels qu'on en prête aux héroïnes romanesques, frappaient par leur beauté sombre et profonde. Plus qu'à aucune autre, Lise eût aimé lui offrir son amitié, mais Antoinette était différente, peu liante, presque distante et Lise n'avait jamais osé lui parler. Dans le tramway où l'on se pressait, elles étaient maintenant serrées l'une contre l'autre, un peu bousculées, Antoinette riait avec Lise, disait des petites choses simples, faisait une observation amusante, Lise était paralysée par le trouble et l'émotion et souriait sans pouvoir dire un mot.

Elles descendirent ensemble, Antoinette habitait depuis peu de temps le quartier de la cathédrale, mais, fidèle à son école qu'elle ne quitterait qu'après le brevet, elle prenait chaque jour le tramway pour s'y rendre. Lise, désormais ne monta plus que dans celui que prenait Antoinette, certains soirs elle oublia même Tante Clarisse, les petits cousins, pour rester avec elle, marcher de long en large, à pas lents, en s'arrêtant souvent sur la petite place d'où partait la rue d'Antoinette puis, l'ayant quittée, rentrait chez elle à pied, très vite, indifférente à tout ; habitée, guidée, sa vie avait retrouvé tout son sens.

Antoinette était une fille sérieuse, intelligente, presque grave, mais elle parlait avec chaleur de ce qu'elle aimait, des livres qui étaient sa passion, comme Lise, elle détestait ces extraits tronqués livrés à l'étude comme des éléments de puzzle dont on ignorerait toujours l'entière image, mais elle avait des livres, ses parents en avaient toujours eus, tout le monde continuait d'acheter des livres dans la famille ; Lise avoua son dénuement, Antoinette lui prêta *Les Misérables*.

Dès lors, et aussi longtemps qu'en dura la lecture, plus rien d'autre n'exista. De l'immense livre, histoire et roman, héroïsme et trahison, grandeur et ignominie, passion, fatalité, abnégation et courage, humanité unie mais non confondue, être de chair et réalité de l'événement, *Les Misérables* furent pour Lise l'œuvre révélée, achevée, le signe et la preuve du génie. Elle en lut même quelques passages à Grand'mère ; emportées par l'exaltation de Lise, elles vibrèrent, s'émurent et s'indignèrent ensemble.

Un matin, Lise rapporta, lus jusqu'à la dernière ligne, *Les Misérables* serrés contre son cœur. Antoinette était déjà dans la cour, seule, à l'écart comme d'habitude, Lise regardait son amie, le livre appuyé, encore un moment, sur sa poitrine. Autant que par ses yeux noirs, Antoinette était remarquable par ses cheveux, deux énormes, immenses nattes brunes encadraient son visage et on avait peine à imaginer la masse épaisse qu'elles devaient composer une fois dénouées ; Lise souhaita soudain, avec force, voir libérés les cheveux d'Antoinette. Elle s'approcha d'elle, la jeune fille lui sourit et, mettant sur le compte du bonheur de sa lecture son trouble apparent, l'interrogea avec amitié ; Lise répondait avec peine, sans lever les yeux, gardant une main crispée sur le livre, elle tendit l'autre vers la tresse noire des cheveux. Sa main était trop petite pour la contenir, les cheveux étaient doux et brillants, Lise reposa l'épaisse natte, doucement, sur la chemisette bleue ; lorsqu'elle ouvrit la main, elle ne put l'en détacher.

Antoinette, avec un geste amusé, libéra ses cheveux, mais, dans le mouvement qu'elle fit, sous la main ouverte de Lise il y avait maintenant la petite enflure ronde et tendue du sein. Lise regardait Antoinette, sur les yeux si sombres, sur le visage mat et un peu sévère, en surimpression violente, précise, elle ne voyait plus que les traits de Lili, ses yeux si bleus, son teint de fleur, son sourire d'enfant. Toute pensée, toute volonté avaient abandonné Lise, elle était comme pétrifiée avec une main accrochée au tissu bleu, l'autre contractée sur le livre ; elle était anéantie, trahie par l'indéfinissable.

Une sorte de fièvre de tous les instants l'habitait désormais, elle tenta de son banc d'apercevoir parmi les têtes penchées le profil d'Antoinette, elle ne vit qu'une sombre masse de cheveux masquant à demi des traits sévères, rien qui évoquât le geste appliqué, la joue ronde, la nuque charmante. Toute la journée, elle attendait le moment du tramway, de se retrouver face à Antoinette sur la plate-forme, d'avoir son visage dans la lumière, de guetter le bref instant où les yeux seraient moins sombres, plus bruns que noirs, elle scrutait les traits familiers sans arriver à percer le secret de ce qu'elle y cherchait. Pour avoir l'argent du tram, elle devint inventive, menteuse et quand il lui manquait, elle tournait longtemps autour de l'orphelinat de Lili, sans espoir mais sans pouvoir y renoncer, et le soir elle pleurait dans son lit.

Antoinette tomba gravement malade, Lise connut quelques jours d'abattement. L'été arrivait, les soirées étaient belles, alanguies, l'odeur des roses remplissait le jardin ; peut-être à cause d'une galette de blé noir légère et fondante, de la main ridée de Grand'mère dans ses cheveux,

Lise, un soir, sortit de son rêve mystérieux. Elle vit Grand'mère, son sourire triste et doux, son tablier rempli d'herbe fraîche qu'elles donnèrent ensemble aux lapins, Lise prit son bras de ses deux mains réunies, la supplia de chanter encore une fois la chanson de son pays, la paix était redescendue en elle. Qu'avait-elle vécu ? Qui avait-elle aimée, Lili ? Antoinette ? Elle avait été heureuse et malheureuse à la fois.

Mademoiselle Louise donnait de temps en temps des nouvelles d'Antoinette : la gravité de la maladie s'éloignait, elle se rétablissait lentement. Un jour, la maîtresse demanda si l'une d'entre les élèves pouvait porter les devoirs à la convalescente, Lise s'offrit avec empressement. Antoinette commençait à se lever, elle était amaigrie, lasse, plus lointaine encore, son jeune frère était auprès d'elle ; leurs parents étaient tous deux fort occupés et, depuis longtemps, les enfants s'étaient accommodés de vivre seuls. Ils étaient proches par l'âge et l'habituelle mauvaise santé d'Antoinette lui ayant fait perdre beaucoup de temps pour l'école, ils en étaient au même point de leurs études ; ils se ressemblaient aussi beaucoup, les mêmes yeux noirs, plus beaux chez Antoinette, mais un modelé plus tendre dans le visage de Bernard. L'autorité, la visible influence de la grande sœur ajoutaient à leur entente.

Bernard aussi aimait les livres, mais, à la différence de sa sœur pour qui seul l'auteur comptait, c'était l'histoire, la vie, le rêve, l'aventure qu'il leur demandait. On parla des *Misérables* qu'ils furent d'accord pour trouver admirables, même si ce n'était pas pour les mêmes raisons. Bernard lisait tout : au hasard, il puisait dans la bibliothèque de son père ; les derniers livres qu'il y avait trouvés étaient ceux de cet écrivain noir que tout le monde avait admirés quelques années plus tôt, d'une admiration émue et navrée, car que faire pour qu'un Noir ne soit pas nègre et malheureux de l'être parmi les Blancs ? Avec fougue et générosité, Bernard était du côté du Noir, de tous les Noirs, se heurtant avec eux au mur de leurs difficultés.

Lise s'enflammait en l'écoutant, elle aussi défendrait les Noirs avec Bernard, auprès de Bernard. Pour la première fois, il y avait un garçon qui lui donnait envie d'être autre chose qu'une écolière mal à l'aise, qui lui donnait envie de rester avec lui. Lorsque enfin elle dut les quitter, Bernard lui prêta un livre à couverture jaune et noire, d'un format de cahier et l'engagea à venir en chercher d'autres.

Lise rentra rêveusement chez elle, elle pensait à Bernard, au moment où elle le reverrait. Brusquement, des images douloureuses surgirent dans sa mémoire : la sœur de Margot, la mort d'Abel, le mortel amour ; son propre cœur, à peine apaisé, hésitait à battre, elle chassa Bernard de sa pensée. Elle regarda le livre qu'il lui avait donné, le titre portait en grosses lettres noires : *Défense d'aimer*. Lise haussa les épaules et se mit à rire, elle s'engagea dans son petit chemin en courant jusqu'à la porte de bois gris, dont elle fit carillonner la sonnette.

On savait depuis plusieurs mois que Tante Fifine avait eu un petit garçon qu'elle avait appelé Pierre, comme Grand'père, mais il avait fallu attendre le moment de l'année où elle arrivait de Paris pour connaître le joli bébé, tout rose et si blond, que tout le monde admira. Lise accompagna Tante partout pour montrer le petit enfant, on alla ensemble chez Marguerite qui était sa marraine, Tante le lui mettait quelquefois dans les bras et Lise aimait sentir la douce peau du bébé contre sa joue ; comme tout le monde, elle trouvait que le petit Pierre ressemblait à sa mère.

Mais les vacances ne seraient pas, cette année, celles que l'on aimait tant, Tante devait passer les siennes avec les sœurs de Tonton, on ne retrouverait pas la petite maison à l'entrée du hameau, près de la falaise, on irait dans un petit logement que Tante avait loué pour Marie et ses enfants dans une station balnéaire toute proche, Clarisse et Lise les y rejoindraient. Elle détesta tout de suite la longue plage plate, sans rochers, sans falaises, bordée d'une dune imprécise à la maigre végétation sur laquelle, à intervalles réguliers, le train de bains de mer déversait une foule vacante, désorientée, des gens en habits du dimanche qui restaient longtemps assis en haut de la dune, des enfants qui n'avaient que les pieds nus et qui hurlaient devant la moindre vaguelette. Le petit cousin s'était fait rapidement des amis de son âge, sa petite sœur ne quittait pas les jupes de sa mère, le logement était exigu, Lise ne s'amusait guère.

Elle écrivit une longue lettre à Antoinette dans laquelle elle s'abandonna, elle y mit son cœur et son malaise, un peu de retour au passé, un peu de ses espoirs d'avenir. La lettre ne fut pas plutôt envoyée qu'elle regretta ses confidences, mais attendit impatiemment la réponse. Le facteur, qui faisait à bicyclette une longue tournée, prenait chaque jour son repas dans la petite épicerie-buvette de l'endroit ; il était jovial et complaisant et on pouvait très bien aller le voir pendant son déjeuner pour se faire remettre ses lettres, Lise prit l'habitude d'aller chaque jour lui faire une visite un peu tremblante. L'homme la plaisantait sans méchanceté, posait sa fourchette ou son verre, fouillait dans son sac de cuir, montrait sa main vide.

L'épicière vendait aussi les journaux et placardait sur le mur de sa boutique la première page d'un quotidien régional. Lise, chaque jour, en fit la lecture de la première à la dernière ligne, avec la rédaction du journal, elle attendit, espéra avec ardeur, le succès de Costes et Le Brix qui tentaient, les premiers, le tour du monde en avion. Quelques mois auparavant elle avait passé la nuit en prière pour que Nungesser et Coli réussissent avant tous les autres la traversée de l'Atlantique, les deux héros avaient échoué, leur triste fin était devenue une complainte que l'on chantait dans la rue :

« *Ils nous ont donné l'espérance*
De devenir maîtres des cieux
Ils ont quand même réussi... »

clamait la chanteuse qu'accompagnaient l'accordéon et le violon et les badauds achetaient la chanson imprimée, paroles et musique. C'était un jeune et bel Américain qui, quelques jours plus tard, était devenu le maître des cieux, Lise en avait été très heureuse parce qu'elle trouvait Lindbergh très beau et parce que ce qu'elle voulait, c'était la victoire de l'avion.

Costes et Le Brix réussirent, mais le journal donnait maintenant des nouvelles préoccupantes, d'une toute autre nature ; de celles-là, Lise en entendait parler par Tante Clarisse, qui touchaient à l'une des premières réalisations de ses idées : on préparait une loi d'assurances sociales pour les ouvriers, Tante voulait cette loi et elle voulait que les ouvriers la veuillent. Or, si beaucoup voyaient en elle le progrès et la justice, d'autres, parmi les plus pauvres, voyaient d'abord que leur maigre paye en serait rognée et tout le monde des travailleurs de la région était secoué de profonds remous.

Lise comprenait cette fois, parfaitement, les intentions et les soucis de Tante et voulait, avec elle, les assurances sociales, mais ce qu'elle voulait avant tout, par-dessus tout, en ce moment même, c'était une lettre d'Antoinette. Une petite carte rapide arriva enfin, Antoinette passait des vacances merveilleuses et elle était dans le ravissement de la lecture de Balzac, « amitiés, à bientôt », ce fut le seul écho à la confiante confession de Lise.

La deuxième année du cours complémentaire devint rapidement la réplique attardée de la première. Lise s'impatientait, pourquoi revenir sans fin sur les formules chimiques qu'elle savait si bien, les exercices élémentaires trop faciles et ne pas en venir tout de suite aux problèmes que faisaient celles de l'année du brevet ? Pourquoi en rester aux mêmes passages des mêmes auteurs, quand on ignorait tous les autres ? Un soir, à la fin de la classe, elle s'en ouvrit à Mademoiselle Louise et, audacieusement, lui demanda de la prendre en troisième année, de lui faire suivre le programme de l'examen ; Mademoiselle Louise le prit très mal, son enseignement était adapté aux nécessités du programme, les trois années dosées, indispensables. Lise s'entêta, voulut courir encore sa chance et parla de sa situation, de l'obligation où elle était d'en finir avec les études, de gagner sa vie au plus tôt, mais la maîtresse tenait l'argument irrécusable, l'âge de Lise ; son jeune âge, une fois de plus. « Comment comptez-vous obtenir une dispense avant la fin de l'année prochaine ? » Lise ne trouva rien à répondre, non, elle ne savait pas comment faire avancer le temps.

Les dimanches chez Marguerite, l'amie de Tante Fifine, furent une bienveillante diversion à son désappointement. Elle avait toujours connu la longue fille discrète, élégante, si mince, si rousse, mais ce n'était que maintenant qu'elle avait grandi qu'elle s'était rapprochée d'elle. Marguerite habitait non loin du château, dans une maison très ancienne et silencieuse, un petit appartement dont tout le volume paraissait s'être réfugié dans la hauteur tant les plafonds étaient élevés. Marguerite avait un piano, quelques meubles d'autrefois, un divan à la place de lit, des fauteuils bas, des fleurs dans les vases, pour Lise ce fut la découverte du bon goût et du raffinement. Marguerite voulut même lui apprendre le piano, mais elle était maladroite et intimidée et puis ce qu'elle aimait, c'était entendre Marguerite en jouer, regarder les longues mains maigres danser sur le clavier.

Marguerite était la secrétaire d'un avocat, elle était aussi sa maîtresse et cette situation, dont Lise allait éprouver plus tard la banalité, était vécue par la jeune femme avec gravité et déchirement. L'avocat était marié, catholique, père de famille, Marguerite l'aimait, lui aussi peut-être… mais seul l'amour était menacé. Lorsque Lise arrivait chez Marguerite, il y avait un bouquet plus beau que les autres, quelquefois une fleur rare dans un pot, c'était le prix de l'absence. Il arrivait aussi, rarement, que Lise reçoive de Marguerite, au dernier moment, un mot hâtif pour s'excuser de ne pas la recevoir.

Lise passait chez Marguerite des moments délicieux, outre son piano elle avait un phonographe et des disques dont la musique créait une ambiance magique qui remplissait l'espace, Marguerite cuisinait longuement des petits plats compliqués que Lise n'aimait pas beaucoup, mais dont elle lui faisait néanmoins de grands compliments. Elles firent ensemble de longues promenades en dehors de la ville et un jour d'hiver Marguerite emmena Lise, pour la première fois, au cinéma. Elle avait bien vu deux ou trois fois, dans la salle du patronage, des films d'un comique appuyé pour faire rire bruyamment ou des images sautillantes sur la vie de Sainte

Thérèse de l'Enfant-Jésus, mais un vrai film, dans une des salles de la ville qui montraient à la porte des photos de stars incomparablement belles, elle ne pouvait que l'imaginer.

Une demoiselle en tablier leur indiqua leurs places, Lise s'enfonça dans le fauteuil de velours rouge, sur l'écran apparurent les premières images d'*Un chapeau de paille d'Italie.* Quand le cheval mangea le chapeau, elle se dressa, inquiète, le drame ne venait-il pas de naître ?... Bientôt la malice, la légèreté de la comédie, la cocasserie des situations, le rythme et le mouvement du film la transportèrent de plaisir, d'un plaisir dont le charme délicat était tout à fait nouveau pour elle et, dès cet instant, dans la petite salle sombre au parquet souillé, le cinéma entra dans sa vie.

Marguerite, qui aimait aussi entendre les conférences, offrit à Lise de l'emmener écouter un discours sur Madame de Sévigné et Lise, qui devait venir la prendre à son bureau, attendait sagement dans le salon. Une porte s'ouvrit d'un coup, un grand homme superbe, l'avocat, suivi d'une toute jeune fille, était devant elle : « N'est-ce pas vous, jeunesse, qui étiez en classe avec ma fille ? » Lise reconnut Yvonne, la petite compagne des classes enfantines, elles avaient beaucoup joué ensemble, autrefois, mais elles n'avaient, maintenant, pas grand-chose à se dire. Yvonne était depuis longtemps à Sainte-Clothilde, Lise demanda des nouvelles de Marthe ; elle était toujours la même excellente élève, dominant les autres, première en latin, première en grec… Les mots résonnèrent curieusement dans la tête de Lise : le latin, le grec, l'anglais… Là était la barrière, le véritable mur de séparation entre elle et les autres, ce n'était ni la fortune, ni le titre, ni la puissance. Le latin, le grec, l'anglais, ce qu'elle ne connaîtrait jamais, la seule chose enviable.

La vraie famille de Marguerite, ses amis les plus chers, venaient de débarquer en France ; ils vivaient à l'île de la Réunion et, tous les trois ou quatre ans, arrivaient avec leurs malles de bois, leurs valises en vannerie, leurs sacs de tapisserie brodés à leurs initiales, avec leurs récits lointains, leurs vies rêvées, leurs chimères. Ils retrouvaient pour quelques mois la vieille maison que leurs parents avaient toujours eue, rue des Roches Grises, dont le nom romantique convenait si bien à la demeure mélancolique.

Toute une tribu de parents, d'enfants, une grand-mère, deux grands-pères, se posaient là pour un moment, secouaient la maison sans lui redonner vie, regrettant les vastes espaces, les colonnades de leur maison de l'île, la végétation démesurée et somptueuse de leur jardin, leur existence indolente. Ils quittaient leur maison sans l'avoir vue, retournaient au loin pour en rêver à nouveau.

Marguerite et Lise allaient y dormir dès le samedi et, toute la journée du dimanche, on pouvait circuler dans les pièces plus ou moins délabrées de la maison, se perdre dans le jardin abandonné sans que quiconque, sauf peut-être aux repas, s'inquiète de vous. Lise avait poussé une porte, au hasard, dans un couloir et s'était retrouvée dans une pièce que l'on pouvait difficilement appeler bibliothèque tant les rayons en étaient effondrés, les livres accumulés, entassés sur le sol dans le plus grand désordre, mais c'était une inépuisable réserve de livres à laquelle, à chaque retour, la famille ajoutait ses nouvelles acquisitions. Désormais, Lise ne vint plus aux Roches Grises que pour s'enfermer dans cette pièce ; de Jean Richepin à Paul Bourget, en passant par Myriam Harry, Gérard d'Houville ou Pierre Loti, elle lut, sans ordre et sans guide, tout ce qui était à portée de sa main.

Un livre l'avait attirée à cause de son titre, *La Femme cachée*, mais, dès les premières pages, ce ne fut plus ni l'histoire ni les personnages qu'elle eût envie de connaître, elle s'arrêtait au contraire longuement à sa lecture, pour essayer de comprendre ce qui le distinguait des autres. Qui était cet auteur, au seul prénom féminin, dont la force du style, la profondeur et la simplicité, marquaient le livre d'une telle différence ? Dès le lendemain, elle en parla à Antoinette, mais la jeune fille ne connaissait pas Colette, elle n'était pas comme Bernard, elle lisait les livres dans l'ordre, elle en était aux classiques, pas encore aux contemporains.

Peut-être à cause de Claude Anet ou de Lucie Delarue-Mardrus dont le modèle lui semblait à sa portée, surtout parce qu'elle était complètement détachée de la classe, Lise eut envie d'écrire, à son tour. Elle chercha longuement un titre qu'elle écrivit en tête d'un gros cahier, mais ses personnages avaient à peine pris consistance que Mademoiselle Louise découvrit l'œuvre et la confisqua.

Lise n'aimait plus l'école, cette réalité s'imposait à elle et en entraînait d'autres ; elle avait beau vouloir à tout prix se rassurer en regardant Grand'mère dans la lumière, la lueur de gaieté du regard, le sourire amusé ou détendu masquaient de moins en moins souvent la vérité de sa lassitude. Et puis elle en avait assez de cette interminable routine de la misère, assez de ses habits de pauvresse, des démarches humiliantes, de cette prison… Perdue dans des songes pesants, elle entendit détonner la voix de Mademoiselle Louise : « Vous feriez mieux d'écouter la leçon que de rêver encore à vos épopées romanesques ! » Le propos la réveilla et arrêta sa décision : elle quitterait l'école.

Elle en parla à Marguerite qui eut avec elle une longue conversation. Tante Fifine avait déjà envisagé les choses avec Marguerite, toutes deux pensaient que le mieux pour Lise était d'apprendre la sténodactylo, c'était un bon métier, agréable, elle pourrait devenir secrétaire, avoir une belle situation. Marguerite connaissait très bien la directrice d'un excellent cours, la formation était coûteuse mais rapide ; elle arrangerait tout cela pour la fin de l'année scolaire.

Marguerite lui avoua ensuite qu'elle avait décidé de quitter la France, d'accompagner ses amis à l'île de la Réunion comme ils la suppliaient de le faire ; elle dit cela les yeux mouillés, d'une voix encore hésitante comme s'il eut suffi d'un mot, d'un geste, pour la retenir. Le dimanche suivant, elle demanda que l'on fasse une photographie d'elle, elle portait un pyjama de satin blanc et, dans le jardin abandonné, devant l'admirable camélia dans toute la gloire de sa floraison rose, elle posa un instant ses cheveux roux répandus sur les épaules, devant Lise, subjuguée.

Il restait de longs mois avant la fin de l'année scolaire ; maintenant que sa décision était prise, elle reprit goût à l'étude et tendait l'oreille vers les cours de troisième année. Tante Fifine avait été surprise par sa brusque décision, elle avait toujours pensé que Lise ne quitterait l'école qu'après le brevet, mais elle n'insista pas ; Grand'mère non plus, pour elle, Lise savait ce qu'elle devait faire, sans doute trouvait-elle que c'était mieux ainsi.

Il n'y eut que Lise pour regretter, avec de plus en plus de déchirement à mesure que le temps passait, ce qui jamais ne lui serait donné. Lorsque Antoinette et les autres furent conduites à l'examen, elle eût tout donné pour être des leurs et, pendant tous les jours qui restaient, elle vécut dans le désespoir. Antoinette et toutes les autres candidates furent reçues. Mademoiselle Louise en fut très fière, mais les élèves étaient un peu étonnées, le brevet, vraiment, ce n'était pas difficile.

Dans le tramway qui la conduisait à la première leçon de sténodactylo, Lise, tranquille et déterminée, allait au-devant de son avenir. Elle attendait tout de la vie, elle l'aimait d'avance avec une confiante ardeur ; la vie l'aimerait, c'était sûr, pouvait-elle refuser le don qu'elle lui faisait, lui marchander ses grâces ?

Le cours où Marguerite l'avait inscrite était situé en plein cœur de la ville, dans le quartier le plus animé ; entre le grand hôtel et le bureau de poste, c'était, au rez-de-chaussée, une boutique où l'on vendait des machines à écrire et où quelques jeunes femmes faisaient des travaux dactylographiques. La patronne, immense et forte femme, avait un rire curieux qui lui laissait la bouche grande ouverte, de temps en temps elle se courbait en avant vers un petit monsieur assez âgé qui était son mari et, à tout propos, invoquait l'exemple ou le souvenir de Petite Mère en précisant, pour ceux qui ne le savaient pas encore, qu'il s'agissait de la première femme de son mari. À voir cette grande et massive personne, on se demandait pourquoi elle avait eu besoin, à un moment quelconque, de Petite Mère ; on pouvait plutôt croire, à cause de toutes ses dents dehors qu'elle l'avait avalée et que, bientôt, elle ne ferait plus qu'une bouchée de son vieux petit mari. Mais elle dirigeait sa maison avec fermeté et succès, veillait à la moralité de ses employées et à la satisfaction de ses clients, d'une large main sur ses épaules, elle prit Lise sous sa protection.

Les leçons étaient données dans une grande pièce du premier étage ; au premier coup d'œil, Lise jugea la situation, beaucoup plus que partout ailleurs, elle était la plus petite, la plus jeune. Presque toutes venaient d'avoir leur brevet et, bien qu'elle eût maintenant abandonné tout regret, elle en eut un petit froid au cœur. D'autres avaient déjà essayé autre chose, la mode ou le commerce, certaines enfin étaient mariées, la paye du mari permettant un nouvel apprentissage car le métier exerçait une séduction fascinante, il avait une valeur de privilège, c'était l'emploi noble de bureau, la classe déjà supérieure du travail.

La patronne choisissait une très bonne sténodactylo pour enseigner les autres, elle n'en faisait pas pour autant un professeur, mais, avec un peu de bonne volonté de part et d'autre, on arrivait à des résultats honorables. Lise se familiarisa avec les petits signes, tapa à la machine avec le sérieux et l'application qu'elle avait toujours apportés à l'étude, la maîtresse n'en revenait pas, quelle rage avait cette petite fille de faire ainsi plus vite et mieux que les autres ? Elle la leur donna en exemple, mais, sans y croire, les autres étaient parfaitement indifférentes à ce zèle, elles passeraient au cours le temps qu'il faudrait, un temps partagé entre les leçons, la toilette, les premiers essais de maquillage, les discussions sur le cinéma, sur la mode et surtout, toujours, les histoires d'amour. De temps en temps, une modiste se heurtait à la seule véritable difficulté, l'orthographe, une jeune mariée, l'œil fixé sur le calendrier, voyait ses projets anéantis.

Lise touchait au but, encore deux ou trois mois et elle serait sortie d'affaire ; elle tirerait Grand'mère à elle, toutes deux seraient libres, paisibles, délivrées… Cruellement, ces deux ou trois mois furent la période la plus noire, la plus dure qu'elles eurent connue ; certains secours étaient attachés à la scolarité de Lise et le cours n'était pas l'école ; que demander à Tante Fifine qu'elle n'eut déjà fait, après le prix des leçons et les enveloppes à Tante Marie et à Grand'mère ? Lise allait souvent chercher Tante Clarisse à la porte de son usine et quand elle l'emmenait à la pâtisserie, au lieu du petit gâteau délicat qu'elle avait l'habitude de choisir, cherchait des yeux le plus nourrissant. Grand'mère vendait les œufs un par un pour payer le tramway quotidien, Lise n'osait plus la regarder en face, sans savoir pourquoi elle se sentait vaguement coupable.

Un matin, la patronne monta dans la salle de classe et demanda si une élève voulait faire un remplacement à L'Air Liquide, pour taper des factures. Lise cria : « Moi ! » et attendit anxieusement d'être acceptée, les autres la regardèrent avec dédain, à L'Air Liquide, des factures ! pour une sténodactylo, grand merci… Lise pleura de joie, le soir, dans les bras de Grand'mère et le lendemain, dominant son émotion, se présenta à la porte du bureau. Un employé remplit une longue fiche, écrivit son nom en belles lettres rondes, Lise fournit posément tous les renseignements. Quand on lui désigna, de l'autre côté de la cour, le bureau où elle allait travailler, Lise eut un haut-le-corps, ce bureau vitré, dans le coin de l'usine, avec ses carreaux et son sol malpropres, c'était, en beaucoup plus grand, celui de Tante Clarisse, celui-là même auquel elle avait toujours cru devoir échapper, une sténodactylo, elle ne l'imaginait que dans un bureau clair et soigné.

Le chef du bureau occupait seul une petite table face aux autres, comme la maîtresse à l'école et relevait sans arrêt la tête pour surveiller son monde et choisir celle à laquelle, aujourd'hui, il ferait les yeux doux. Une dizaine de comptables et de facturières se répartissaient au mieux autour de deux grandes tables ; la jeune femme que Lise remplaçait venait d'avoir un enfant et tout le monde ne parlait que d'elle, chacun allait la voir à tour de rôle, donnait des nouvelles, les mêmes, il ne se passait rien et ce rien occupait la place de Lise, ce n'était pas Lise qui remplaçait Maryse, c'était l'absence de Maryse qui escamotait la présence de Lise. Au fond, Lise trouvait cela plutôt confortable d'être ignorée, prise pour une ombre, par ces gens qu'elle ne connaissait pas, elle se donnait toute à son travail fastidieux, difficile à cause des écritures illisibles et des termes barbares ; le premier jour, le chef avait voulu avoir un geste aimable et avait mis lui-même sur la machine la facture et ses doubles, Lise avait tapé longtemps une énumération compliquée et, à la fin, elle vit que les carbones avaient été placés à l'envers, elle refit le travail en toute hâte, prise entre la peur de se tromper et celle d'être prise en faute pour le retard. Quand ce fut fini, elle avait le visage tout congestionné et les yeux qui brûlaient.

Une femme un peu âgée qui avait élevé seule ses enfants et qui, depuis leur départ, remplissait sa vie d'une inutile et constante agitation, s'aperçut de l'existence de Lise ; elle lui offrit, un soir, de faire le chemin ensemble, mais, au bout de quelques pas, elles durent se séparer, elles n'habitaient pas du tout le même quartier, la femme eut un regard maternel désolé, Lise lui tendit la main et la remercia avec élan. Comme elle n'avait jamais grand-chose à raconter le soir, sur son travail, elle fut toute heureuse de dire à Grand'mère qu'elle avait une amie, bonne, vieille et gentille.

Mais sa véritable amie maintenant, celle vers laquelle elle revenait toujours, c'était Tante Clarisse. Ensemble elles parlaient comme si elles avaient le même âge, Tante lui racontait ses débuts dans le travail et Lise mesurait toute sa chance de ne pas connaître l'usine. Elle voyait bien aussi dans le regard de Tante tout le contentement qu'elle avait de Lise « débrouillée », sortie de cette enfance sans cesse menacée et leurs rapports en étaient différents. Tante, un dimanche, lui fit la surprise de l'emmener au théâtre, elle avait loué deux bonnes places pour aller entendre *Manon*, en matinée, et elles partirent toutes deux, heureuses comme des gamines qui ont gagné une récompense.

Devant la porte, grande déception, en raison de la maladie subite d'un interprète, *Manon* était remplacée par *Les 28 jours de Clairette* ; elles eurent un moment de perplexité. Tante avait très grande envie de voir *Manon*, mais ce qu'elles voulaient surtout, ce vers quoi elles étaient venues, c'était entrer dans le théâtre, malgré l'obstacle. Lise ne comprit rien à cette histoire compliquée et si peu amusante, jouée par des gens qui ne pouvaient pas dire les choses les plus ordinaires sans les chanter d'une voix criarde. Elles sortirent un peu troublées, sans parler de ce qu'elles avaient vu, Tante l'invita à boire une tasse de chocolat dans un grand café de la place.

Installées sur la banquette, derrière la vitre d'où l'on avait vue sur le théâtre, leurs tasses fumantes qui sentaient bon sous le nez, les gens autour d'elles qui avaient l'air si à l'aise dans la tiédeur du beau café, habitués de ses plaisirs, elles s'enfoncèrent dans un confort inhabituel qui rendait tout aimable. « C'était bien chanté… », dit Tante. « Oh, oui ! », répondit Lise, et elles se mirent à parler avec facilité de la profondeur des fauteuils, des toilettes, des spectatrices, des dimensions et de la somptuosité du théâtre. « Une autre fois tu verras *Manon*, tu verras comme c'est beau… disait Tante rêveuse, et *Lakmé*… » Lise regardait à travers la vitre le beau théâtre carré qui, en haut de ses marches derrière les colonnes, gardait encore tant de joies en réserve pour les leur donner une à une.

Le travail de Lise n'avait pas, immédiatement, arrangé les choses ; en attendant sa paye, on en restait terriblement au même point. Retrouvant une vieille habitude du passé, Grand'mère suggéra à Lise de demander un acompte. Lise tourna longtemps le problème dans sa tête, mais la démarche lui parut impossible, elle courut voir Tante Clarisse, celle-ci fit pour Lise ce qu'elle n'avait jamais fait pour elle-même, elle demanda un acompte à son patron. Quand Lise toucha sa paye, elle était déjà gravement amputée, elle compta tristement ce qui en restait, combien de fois avait-elle imaginé sa première paye, la joie, la fête, les cadeaux, tout ce qu'elle permettrait et maintenant, au creux de sa main, cette somme dérisoire pour attendre combien de temps ? Elle rentra lentement pour avoir le temps de reprendre son courage, mais, au moment d'arriver à la maison, elle ne put résister, elle courut chez une maraîchère qu'elle connaissait et qui vendait des fleurs en pot, elle choisit un géranium pour lequel la marchande lui fit un petit prix, elle posa les fleurs dans le tablier de Grand'mère, elles s'embrassèrent avec la force qu'on a quand tout va bien, elles admirèrent le géranium, Grand'mère enleva soigneusement deux ou trois feuilles fanées, retrouva pour un soir le sourire et le regard des bons jours.

La jeune mère vint reprendre sa place au moment où, à nouveau, le désastre s'installait ; Lise n'avait plus de travail, mais sa petite paye recula l'échéance. En attendant un nouveau remplacement, Lise, le soir, traduisait en sténo n'importe quoi d'imprimé, pour acquérir de la vitesse. Grand'mère qui n'avait jamais été frileuse se mit à redouter le froid et prit l'habitude de se coucher tôt pour se réchauffer ; quand, à son tour, Lise regagnait son lit, Grand'mère avait les yeux fermés, mais elle ne dormait pas, elle appelait Lise doucement, c'est sur des joues de cire que Lise déposait un baiser, elle ne trouvait plus rien, maintenant, pour se rassurer.

Quelques jours plus tard, un nouveau remplacement se présenta que l'on offrit tout de suite à Lise, car il était si éloigné que personne, sans doute, n'en eût voulu. Elle se retrouva dans une petite biscuiterie dont le patron, un pâtissier qui faisait les gâteaux sablés mieux que personne, encouragé par sa clientèle, avait sauté le pas, répandu sa fabrication dans le commerce. Sa femme était devenue la directrice de l'entreprise et avait gardé, pour l'aider, la petite jeune fille qui avec elle, dans la boutique, servait les clients et faisait le ménage ; les patrons lui avaient fait suivre des cours du soir pour apprendre un peu de comptabilité et la dactylo. Le trio ne s'en tirait pas mal, l'affaire marchait bien, mais ils souhaitaient lui donner plus d'envergure et c'est pour adresser des lettres à tous les clients possibles de la région que l'on avait engagé Lise.

Ils avaient, il faut le dire, si peu d'instruction que les épîtres s'en ressentaient. Lise corrigea discrètement les fautes de français et s'enhardit jusqu'à proposer d'écrire une phrase autrement. La patronne acquiesça et, peu à peu, Lise rédigea seule, en y apportant toute sa conviction, des lettres argumentées ; « si jeune et tant d'idées », disait la patronne en signant les lettres. L'employée la regardait d'un œil mauvais. Bien malgré elle, elle surprit un jour la jeune fille dans les bras du patron ; peu de temps après, le trio faisait bloc contre elle, ses lettres étaient inadaptées, elle n'avait pas compris ce que l'on attendait d'elle ; Lise n'avait plus rien à faire chez le pâtissier, elle regretta les biscuits cassés qu'on lui laissait manger et l'odeur de la petite fabrique.

Elle eut à peine le temps de reprendre ses cours qu'une place stable, définitive, cette fois se présenta. En se rendant chez Dieudonné, agent général de machines-outils, elle n'avait plus guère d'illusions et c'est avec tristesse, mais sans surprise, qu'elle vit d'abord le petit bureau vitré et sale, symbole de la fatalité, dans lequel elle allait vivre désormais. Cette fois il ne fallait pas enjamber des bonbonnes couchées à terre, comme à L'Air Liquide, mais circuler entre d'énormes machines à bois ou à métaux posés sur un sol si poussiéreux que l'on ne faisait pas un mètre sans couvrir ses chaussures d'une poudre cendrée.

Dieudonné faisait de régulières tournées auprès de ses clients, il en revenait agité, pressé, criant, pestant, bousculant le pâle beau-frère installé dans son fauteuil en son absence et se mettait à dicter un courrier abondant et urgent. Cela durait quelques jours, puis il repartait ; en son absence

Lise rangeait, classait, répertoriait, s'ennuyait, le beau-frère n'apparaissait que pour téléphoner et chassait Lise du bureau aussi longtemps que duraient les conversations.

Trois ouvriers entretenaient et réparaient les machines, l'un d'eux était le contremaître, le véritable maître de l'entreprise, celui que le patron traitait avec politesse et considération, les deux autres riaient de toutes ses plaisanteries pour être bien avec lui. Personne n'avait eu l'air de remarquer la mince existence de Lise et ils parlaient entre eux comme si elle n'était pas là. « Je suis crevé, moi, disait le contremaître en s'étirant, tu comprends, c'est seulement à quatre heures du matin qu'elle en a voulu… » et puis, après un temps : « Il faut se mettre à leur place, elles ont toujours peur d'être prises… » Lise avait une peur panique du contremaître et tremblait de tous ses membres quand il faisait irruption dans son petit bureau.

Le contremaître et sa famille, faisant fonction de gardiens, étaient logés au-dessus de l'atelier, un petit escalier en partait pour le relier directement à son domicile. La femme du contremaître, qui surveillait son mari, vint regarder Lise sous le nez, son extrême jeunesse, sa figure débarbouillée, la rassurèrent ; à cause de l'inquiétude de son regard, du bébé qu'elle avait dans les bras, peut-être parce qu'elle n'avait personne d'autre à qui parler, Lise eut un mouvement spontané vers elle.

Un soir, dans le tramway du retour, Germaine s'assit en face d'elle. Elle était méconnaissable, poudrée, peinte, maquillée, les lèvres rougies et les sourcils réduits à un fil, elle se jeta sur Lise, lui dit sa joie de la revoir et raconta ses amours ; comme autrefois, elle parlait d'abondance et s'inventait des aventures. Lise fit avec elle un bout de chemin vers sa maison, mais, au tournant de la rue, elle la quitta brusquement, elle ne voulait pas revoir ni le palmier ni la terrasse, tout son passé était loin derrière elle, elle souhaita ne plus jamais rencontrer Germaine.

Le contremaître avait fait engager René, son neveu qui sortait de l'école, pour lui apprendre le métier et le garçon, perdu dans son bleu tout raide, apporta dans l'atelier un peu de la jeunesse qui lui manquait tant. René, qui avait vécu à la campagne, prenait timidement contact avec la ville, il rougissait jusqu'aux oreilles en croisant Lise, cependant il y avait dans ses yeux noirs une petite lueur éveillée qu'un mot, sans doute, eût suffi à enhardir. Lise, et René aussi, redoutaient tant le contremaître qu'ils s'en tenaient aux indispensables propos du travail.

Lise était aussi très mal à l'aise avec Dieudonné, il avait un œil de verre et de l'autre, mobile, fureteur, il regardait avec insistance ; quand elle tapait à la machine, sous prétexte de vérifier ce qu'il avait dit, il se collait à elle et enfermait ses épaules dans ses mains. Lise savait par la femme du contremaître que la jeune femme de Dieudonné était clouée au lit, depuis deux ans, par le mal de Pott ; elle avait été une jeune fille riche, orpheline, élevée par un oncle qui s'était empressé de la marier à Dieudonné qu'il connaissait vaguement. Quand la jeune femme avait commencé à souffrir de son dos, elle n'avait pas osé se plaindre de crainte de contrarier son mari, cet homme à femmes plein de santé, qui n'aimait pas être gêné par la maladie des autres ; son enfant était né difficilement et elle ne s'était plus jamais relevée. L'appartement des patrons était au-dessus de l'atelier et la femme du contremaître emmena Lise voir la malade. Elle était ravissante, toute jeune et confuse de la moindre attention à son égard ; son matelas était une planche de bois sur laquelle, depuis la nuque, devait reposer toute sa colonne vertébrale ; elle ne pouvait que tourner, d'un côté et de l'autre, sa jolie tête, sourire, interroger, jouer de ses mains fines avec son petit garçon qui, toute la journée, tournait autour de son lit.

Dieudonné était rentré un jour plus pressé encore qu'à l'ordinaire, il appela Lise pour lui dicter le courrier sans attendre. Dans le bureau de son appartement, la porte de la chambre de la malade était grande ouverte, le mari se leva pour la repousser, passa derrière Lise pour rejoindre son fauteuil, une masse s'abattit sur elle, l'emprisonna, une bouche écrasa ses lèvres contractées. Lise crut mourir de stupeur, de gêne, de dégoût, de honte ; par la porte restée entrebâillée, on voyait le profil touchant de la malade, le geste gracieux de sa main vers le petit enfant.

La femme du contremaître adorait le cinéma, qui n'intéressait pas le mari, si bien qu'ils n'y allaient jamais. Elle vit en René un compagnon tout trouvé et, gentiment, offrit à Lise de les accompagner. *Ben-Hur* « sur son char de victoire est venu jusqu'à vous » disaient les affiches ; on alla voir *Ben-Hur*. La dame s'installa entre les deux jeunes gens, mais, dès que la lumière fut éteinte, René qui avait repéré le fauteuil vide auprès de Lise, changea de place, le genou du garçon frôlait sa jambe, mais elle ne la retirait pas ; sur l'écran, la course de chars qui faisait haleter la salle ne l'empêchait pas de se sentir bien auprès de lui, elle pensa à ses boucles noires, sa lèvre retroussée, son hommage était celui du charme, de la fraîcheur, de la liberté. En sortant, on raccompagna Lise à son tramway, René voulut lui prendre la main mais déjà Lise s'était reprise ; que ferait-elle de René ? pour un peu de douceur alanguie que de complications dans sa vie, que de liens inutiles, subir l'autorité du contremaître, être chaperonnée par la tante… Lise dégagea sa main et sourit au jeune homme, sans regrets.

Dans un tiroir du bureau une boîte contenait les timbres et, quand il le fallait, le patron mettait l'argent pour renouveler la provision ; le soir, Lise emportait le courrier et, avant de prendre son tramway, passait au bureau de poste pour mettre ses lettres à la boîte, inscrivait le compte des timbres le lendemain matin. Un soir que Dieudonné l'avait beaucoup retardée et que la pensée de la fatigue de Grand'mère ne la quittait pas, elle constata avec ennui qu'il n'y avait plus de timbres, elle prit le billet, le gros tas de lettres et courut à la poste avant la fermeture du bureau. En sortant, elle aperçut le tramway qui démarrait, elle courut à perdre haleine, cent fois elle l'avait pris en marche, mais elle rata son coup, glissa sous la voiture, le wattman arrêta la machine à temps, on la dégagea, elle n'avait qu'un gros trou à la cheville.

Chez le pharmacien où on l'avait conduite, Dieudonné arriva, se montra empressé, paternel, convoqua le médecin qui fit une piqûre antitétanique, ordonna l'immobilité pendant plusieurs jours, prescrivit quelques soins. Dieudonné l'installa dans son auto pour la raccompagner, caressa la jambe malade en remontant vers la cuisse, son œil jubilait, Lise fermait les yeux sur un mauvais rêve. L'auto ne pouvait entrer dans le petit chemin, pour en finir avec les prévenances de Dieudonné, elle prétendit habiter juste à l'entrée. Quand il eut disparu, elle rentra chez elle à cloche-pied.

Sous l'effet de la drogue du médecin, elle dormit d'un sommeil épais et se réveilla avant le jour ; une pensée soudaine la traversa, qu'avait-elle fait de la monnaie des timbres ? Elle se leva dans l'ombre et fouilla dans son sac, mais il n'y avait rien, elle n'avait d'ailleurs aucun souvenir d'avoir ramassé l'argent, non, elle en était sûre maintenant, elle l'avait laissé au guichet de la poste, elle y serait dès l'ouverture du bureau. Grand'mère fut étonnée de cette rapide guérison et s'inquiéta de la voir repartir, Lise affirma que tout allait bien et arriva, tremblante, devant le guichet. « Non, Mademoiselle, nous n'avons rien trouvé, personne n'a rien trouvé. » Lise s'effondra sur le banc du bureau et pleura longtemps, sans retenue. La somme, pour elle, était importante. Qu'allait-il se passer ?

D'abord, il ne se passa rien, Dieudonné n'y fit aucune allusion et repartit en tournée quelques temps après. Sa jambe restait enflée et douloureuse, mais Lise se mit à croire au miracle.

Et puis, Dieudonné fut de retour, son regard sur Lise se fit plus pesant, son sourire bizarrement vainqueur, il avait l'air de la guetter, d'attendre son heure ; elle vint un soir, après le départ des ouvriers. Cinglée par la proposition écœurante, Lise trouva les mots pour repousser l'outrage.

« Dites donc, ma petite, j'ai fermé les yeux sur l'argent des timbres, ce n'est pas pour rien… » En un éclair, Lise éprouva le vertige, la nausée, le poids et l'odeur du malheur. La vérité pouvait-elle être son salut ? Lise raconta son histoire. « Tout cela c'est très joli, mais je ne veux pas le savoir, rendez-moi l'argent ou… » Le malheur changeait de visage, pour celui-là elle avait encore un peu de force : « Vous aviez promis de m'augmenter, gardez l'augmentation aussi longtemps qu'il faudra pour rembourser… »

Le patron avait perdu la partie, mais il était satisfait de récupérer l'argent. Ni Lise ni lui ne parlèrent jamais plus d'augmentation ni du compte des timbres, il semblait que Lise, désormais, ne travaillerait plus que pour la même somme, la petite paye des débutantes. Elle avait surtout envie de partir, de quitter Dieudonné, cette maison, aller ailleurs, commencer ailleurs sa vraie vie ; mais il fallait pour cela demander à Dieudonné un certificat sans lequel, nulle part, on ne l'engagerait. N'allait-il pas se venger, écrire qu'elle était une voleuse ? ou affirmer qu'elle n'avait pas encore remboursé, pour tenir une employée à bon compte ? Comment en sortir ?

Pourquoi, dès le premier jour, alors qu'elle en avait toujours eu si peur, n'avait-elle pas compris que Grand'mère allait mourir ? Il était si proche encore ce matin où, pour la première fois de sa vie, Grand'mère ne s'était pas levée avant Lise, où elle avait fait le café que Grand'mère avait bu avec peine, mais elle avait refusé que Lise reste à la maison, manque à son travail, une fatigue qui passerait, Lise devait se rassurer.

Ce n'est qu'en rentrant à l'heure du déjeuner, quand elle avait vu Grand'mère toujours couchée, sa respiration rapide, embarrassée, son regard changé, qu'elle s'affola, courut chercher Tante Clarisse. Le médecin l'ausculta longuement, hocha la tête, dit quelque chose à Tante, Lise entendit « ...mais son cœur est encore bon ». Une religieuse vint lui faire des piqûres et elle parut, un instant, aller mieux, elle eut même envie de riz au lait, elle qui ne mangeait plus rien. Dans sa hâte, Lise ne le fit pas très bien et Grand'mère s'appliqua, avec patience, à lui enseigner la bonne façon de préparer le riz au lait ; puis le mieux avait duré peu de temps, les piqûres ne faisaient plus guère d'effet, Grand'mère, maintenant, allait mourir.

On avait prévenu Tante Fifine qui voulait venir en toute hâte, mais il fallait que Lise vienne à sa place, à Paris, auprès du petit Pierre, pour qu'elle puisse être libre de venir, encore un peu de temps, soigner sa mère, garder sa main dans la sienne jusqu'à la fin. Lise était maintenant debout, toute droite, sur la plate-forme du tramway, sa valise à ses pieds, se dirigeant vers la gare. Grand'mère allait mourir et sa mort, quelle ironie, la délivrait de Dieudonné.

Elle était passée tout à l'heure devant le petit chemin qui, depuis des mois maintenant, n'était plus le sien, elles avaient déménagé, elles avaient dû quitter la maison que la propriétaire reprenait, se quitter soi-même, quitter sa vie accumulée ; Grand'mère, à qui autrefois on eût arraché le cœur en lui demandant cela, l'avait accepté avec indifférence. Elles étaient venues habiter dans ce petit appartement dont la vue était la même que celle du grenier de la maison, le jardin était partagé entre tous les locataires, chacun y avait son mimosa et son camélia, dans leur coin à elles, il y avait les plus belles roses du monde que les catinettes venaient butiner ; dans un dernier effort, Grand'mère avait installé les poules, le petit clapier. Quand elle eut placé la photo de Jean au-dessus de son lit, face à son regard, une sorte de paix, de confiant abandon ne l'avaient plus quittée, elle avait tout à l'heure, une dernière fois, tendu la main vers la figure de Lise, caressé ses cheveux. Lise était tirée d'affaire, son rôle à elle était terminé, elle n'était déjà plus avec ceux d'ici, elle était avec Jean.

Sur le trottoir, une petite fille aux cheveux courts jouait à la marelle, comme Lise autrefois, il y avait si longtemps de cela. Elle était arrivée à la gare, le train de Paris était devant elle, elle chercha sa place que le mari de Tante Clarisse avait louée, installa sa valise et attendit, dans le couloir, la main posée sur la barre de cuivre.

Elle allait quitter sa ville, cette ville dont elle ne voyait plus ou ne devinait encore que le cours et la cathédrale, le château et le fleuve. Comme les maisons des quais étaient harmonieuses, d'une noble élégance… Avait-elle jamais vu tant de bateaux dans le port, le ciel si doux, l'air léger comme aujourd'hui ? Avait-elle jamais vu, connu comme elle méritait de l'être, sa ville belle, cruelle, charmante ?

Lise sentit un regard peser sur elle et tressaillit. Un grand Noir était auprès d'elle, qui la regardait fixement ; jamais elle n'avait vu un Noir de si près, elle se souvint de Bernard qui voulait les défendre... Le train démarrait, elle entra dans le compartiment et s'assit à sa place.

Jusqu'à quand le cœur de Grand'mère serait-il encore bon ? Le cœur aimant, tendre, meurtri, fort et fragile, jusqu'à quand résisterait-il ? Le fleuve, les quais, la ville toute entière s'arrachèrent, l'un après l'autre, de son regard et, de plus en plus vite, se rejoignirent à l'horizon. Lise appuya son front sur la vitre et se mit à pleurer.

Kerado – Paris, 1976

achevé d'imprimer sur les presses de la STIPA
à Montreuil-sous-bois, en décembre 2008
Dépôt légal : janvier 2009